Puzzle of Life

Ein junger Mann gerät in ein fantastisches Abenteuer, als ihm aufgetragen wird, die Welt vor einer antiken Bedrohung zu retten. In dieser Geschichte verbinde ich diverse Epochen der Menschheitsgeschichte mit ihren alten und neuzeitlichen Mythen und Legenden, wie zum Beispiel von der legendären Stadt Atlantis, dem sagenumwobenen Schwert Excalibur, dem Stein der Weisen, der Geburt Christi, dem Mysterium der Pyramiden, Stonehenge, den Ufo-Phänomenen und vielem mehr. All dies ereignet sich in einem dritten Weltkrieg, zu dem der immer noch lebende Adolf Hitler und dessen Marionettenspieler, die im Besitz einer schrecklichen Armee sind, aufrufen.

Der Protagonist Linus Wiggelstove begibt sich auf eine gefahrenvolle Reise, die ihn in das Reich der Toten führt. Er muss sich vielen Herausforderungen stellen, um seinen wahren Feind endgültig zu vernichten. Auf seiner Reise lernt Linus viele interessante Leute kennen, verliert aber auch viele von ihnen. Er erfährt die wahre Geschichte der Menschheit, des Himmels und der Hölle des Urknalls kennen. Hinzu kommt ein schizophrener Serienkiller, der Linus das Leben schwer machen wird. Wird Linus sein Schicksal erfüllen oder hat es mit ihm etwas anderes vor?

Ronnie M. Manger

RONNIE M. MANGER

Puzzle of Life

Das Schicksal der Menschheit

Bibliografische Information der Deutschen Nationalbibliothek:
Die Deutsche Nationalbibliothek verzeichnet diese Publikation
in der Deutschen Nationalbibliografie; detaillierte bibliografische
Daten sind im Internet über http://dnb.dnb.de abrufbar.

© 2019 Ronnie Max Manger
Grafik: KUCO/ Akvaartist/ ilolab/ Jullius/ Shutterstock.com
Satz, Umschlaggestaltung, Herstellung und Verlag:
BoD – Books on Demand, Norderstedt

ISBN: 978-3-7460-5280-9

Inhalt

Alles geht schief

Schon 7:56 Uhr und in vier Minuten fährt mein Bus, doch selbst dann würde ich noch zu spät zur Arbeit kommen. Habe weder geduscht noch gefrühstückt, noch die fettigen Haare zurechtgemacht. Schnell in die Kleider gehüpft und dann ab zur Busstation. Ich renne so schnell es geht aus dem Haus, ohne die Wohnung abzuschließen. Draußen angekommen, fährt der Bus schon in die Station ein. Ich lege einen Sprint hin und genau in dem Moment, als ich den Knopf an der Bustür drücke, fährt er ab. Und wäre das nicht schon genug, fängt es auch noch an zu regnen. Na toll, der Tag fängt ja schon gut an.

Der nächste Bus kommt erst in einer Viertelstunde. Somit habe ich gerade noch Zeit, mich vorzustellen: Mein Name ist Linus Wiggelstove. Ich bin 24 Jahre jung, wohne im verregneten London und studiere europäische Geschichte. Um mir mein Studium und meinen Lebensunterhalt zu finanzieren, jobbe ich als Kellner in einem Restaurant, wo ich jetzt gerade zu spät komme. Um ehrlich zu sein, hasse ich mein Studium, aber was man angefangen hat, bringt man auch zu Ende. Den Kellnerjob mag ich noch viel weniger, aber er wird gut bezahlt. Zudem kann ich vor und nach den Vorlesungen arbeiten. So, nun kommt auch schon der nächste Bus.

An meinem Arbeitsplatz angekommen, schleiche ich durch die Hintertür in meine Garderobe und hoffe, dass mich mein Chef nicht sieht. Aber natürlich erwartet mich Carmelo bereits vor meinem Schließfach.

»So, wieder einmal zu spät, Wiggelstove?«

Er ist ziemlich ungehalten. Ich entschuldige mich höflich bei ihm, doch er erwidert: »Das ist nun schon das dritte Mal in dieser Woche, dass du zu spät kommst. Ich habe dich schon mehrfach gewarnt und akzeptiere deine Ausreden endgültig nicht mehr. Du bist gefeuert, räum dein Schließfach und lass dich hier nie wieder blicken!« Ich erkenne, dass es in dieser Situation nichts bringt, um diesen Job zu kämpfen. Ohne mich zu erklären, verlasse ich meinen Arbeitsplatz.

Niedergeschlagen mache ich mich auf den Heimweg und sitze wieder im Bus. Um mich ein bisschen abzulenken, blättere ich in einer Tageszeitung, die auf dem Nebensitz liegt. Bei einer Schlagzeile bleibe ich hängen: »Mehrere Mitglieder einer berühmten Familie in Frankreich von einem unbekannten Täter ermordet«. Angesichts von so viel Negativem lege ich die Zeitung wieder weg und schaue lieber aus dem Fenster.

Da es immer noch in Strömen regnet, komme ich völlig durchnässt zuhause an. Ich ziehe mir etwas anderes an, lasse mich auf meine alte Couch fallen und mache mir Gedanken, wie ich so schnell wie möglich einen neuen Job bekommen kann. Mit Hilfe meines alten Computers durchforste ich das Internet nach offenen Arbeitsstellen für Studenten. Die meisten Jobs sind aber viel zu schlecht bezahlt. Da meine Eltern schon lange nicht mehr leben, kann ich auch nicht auf deren Unterstützung zurückgreifen.

Plötzlich höre ich, wie das Schloss meiner Wohnungstür geöffnet wird. Ich stehe auf, um zu sehen, wer da ist. Es ist meine Freundin Seraphina, mit der ich nun schon drei Jahre zusammen bin. Aber irgendwie ist heute anders als sonst, das sehe ich an ihrem Gesichtsausdruck.

»Was ist denn los, warum kommst du um diese Zeit zu mir?« Worauf sie antwortet: »Eigentlich habe ich dich nicht hier erwartet. Warum bist du denn nicht bei der Arbeit?«

Ich erzähle ihr von den Auseinandersetzungen am Arbeitsplatz und dass ich ab sofort arbeitslos sei. Sie redet weiter und beichtet mir, dass sie eigentlich hier sei, um ihre Sachen abzuholen. Vollkommen überrumpelt frage ich: »Was? Warum das denn?«

Mit emotionsloser Stimme antwortet sie: »Hör zu, Linus, ich wollte es dir schon viel früher sagen. Vor ein paar Monaten bin ich fremdgegangen. Ich habe es nicht übers Herz gebracht, es dir zu beichten, weil du so etwas nicht verdient hast. Meine Absicht war es, dir einen Brief auf den Tisch zu legen, in dem ich dir alles erkläre. Zudem empfinde ich etwas für diesen neuen Mann und will dich nicht mehr weiter verletzen.«

Ich bin erschüttert und da ich keine Worte finde, nehme ich meine Jacke, gehe an ihr vorbei und verlasse die Wohnung. Sie ruft mir noch etwas hinterher, aber ich kann, respektive will es nicht hören.

Draußen regnet es immer noch in Strömen. Das ist mir aber total egal. Ich bin einfach nur wütend und enttäuscht. Ich will nicht stehen bleiben und auf den Bus warten, weswegen ich beschließe, bis zur Universität zu laufen, was an die zehn Kilometer sind. Auf dem Weg dorthin geht mir die ganze Beziehung mit Seraphina noch einmal durch den Kopf. Wir haben so viel zusammen durchgestanden und unternommen. Und das soll nun einfach alles vorbei sein!

Als ich endlich an der Uni ankomme, bin ich bis auf die Haut durchnässt. Ich gehe in den Seminarsaal und setze mich. Da es viel zu früh ist, bin ich ganz alleine in dem Raum. Nach und nach trudeln meine Mitstudenten ein, sie lachen mich aus, weil ich wie ein begossener Pudel dasitze. Nach einiger Zeit kommt auch der Dozent und beginnt mit der Vorlesung. Meine Motivation, mich auf das heutige Thema »Kapitalismus in Europa« zu konzentrieren, ist verständlicherweise nicht sehr hoch. Ein noch uninteressantes Thema hätte man nicht wählen können. Aber ich hoffe, dass mich der Vortrag ablenken wird.

Nach einer halben Stunde schlafe ich beinahe ein. Es ist so langweilig und ich habe noch drei Lektionen vor mir. Ich kann mich nicht konzentrieren. In meinem Kopf dreht sich alles. Zuerst verliere ich meine Arbeitsstelle und, was noch viel schmerzhafter ist, meine Beziehung wurde beendet. Zudem befinde ich mich in einem Studium, das mich überhaupt nicht interessiert. Auf einmal höre ich meinen Namen. Der Dozent spricht mich an und sagt: »Na Linus, hast du eine Lösung dafür?« Ich habe keine Ahnung, um was es geht und warum er gerade mich das fragt. In mir brodelt es. Was für ein mieser Tag. Und jetzt, zur

Krönung, verlangt der da auch noch etwas von mir. Mir reicht es endgültig. Es ist der besagte Tropfen, der das Fass zum Überlaufen bringt. Ich stehe auf und antworte mit klarer Stimme: »Was wollen Sie eigentlich von mir? Meinen Sie im Ernst, dass ich Ihrem langweiligen Vortrag folge?« Alle Augen sind auf mich gerichtet. Ich bin selbst überrascht darüber, was für Töne da aus mir herauskommen. Im Saal ist es ganz still. Ich ergreife wieder das Wort: »Ich entschuldige mich für diesen Ausbruch, aber ich halte es hier nicht mehr aus!« Ich schiebe meinen Stuhl zurück an den Tisch und verlasse den Raum. Ich will nur noch nach Hause. Mich einfach ins Bett legen, schlafen, wieder aufwachen und hoffen, dass das alles nur ein schlechter Traum ist.

Nur ein Traum

Damit ich wenigstens etwas im Magen habe, gebe ich auf dem Heimweg mein letztes Geld, das ich in der Tasche habe, für einen Döner aus. Endlich bin ich wieder in meiner Wohnung. Seraphina hat tatsächlich all ihre Sachen mitgenommen. Sogar der kleine Stuhl im Wohnzimmer steht nicht mehr da. Ich gehe ins Badezimmer, um mir das Gesicht kalt abzuwaschen. Ich schaue in den Spiegel und werde wütend. »Der da ist an allem schuld!« Wutentbrannt schlage ich mit meiner Faust auf mein Spiegelbild ein. Der Spiegel zerbricht in tausend Splitter und meine Hand blutet heftig. Ich lasse die Scherben liegen und beachte meine blutende Hand nicht. Danach habe ich zu gar nichts mehr Lust, lege mich einfach auf mein Bett und versuche zu schlafen. Nach einiger Zeit realisiere ich, dass ich so nicht einschlafen kann. Zu viele Dinge gehen mir durch den Kopf. Ich stehe auf und wasche mir in der Küche das Blut von der Hand. Als ich so am Becken stehe, ertönt hinter mir eine Stimme: »Guten Abend, Linus.« Ich erschrecke und drehe mich panisch um. Da steht ein Mann vor mir, mit nur einem Arm! Er ist elegant gekleidet, ungefähr Mitte fünfzig, gut gebaut und trägt einen langen Vollbart. Obwohl er unbewaffnet ist, ergreife ich aus einer Schublade eine Schere, um mich zu verteidigen.

»Wer sind Sie und wie sind Sie in meine Wohnung gekommen? Und woher wissen Sie, wie ich heiße?«

Der alte Mann antwortet ganz ruhig: »Leg die Schere weg mein Junge, das wird dir hier nichts bringen. Mein Name ist Merlin und ich bin gekommen, um mit dir etwas zu bereden. Ich möchte das aber nicht hier in London besprechen, sondern in einem kleinen Café in New York.«

Der Mann ist offenbar geistig verwirrt. Langsam lege ich die Schere zur Seite und frage: »Warum müssen Sie mit mir reden? Und warum in New York, wenn Sie ja jetzt gerade vor mir stehen?«

Der alte Mann lächelt und antwortet: »Weil ich gar nicht hier bin. Wir sind in einem deiner Träume.«

Verwundert schaue ich mich um und erwidere: »Ich träume nicht, ich bin in meinen eigenen vier Wänden.«

Er fährt fort: »So, junger Mann, ich habe nicht gerade viel Zeit. Ich sage dir jetzt genau, was du tun wirst. Morgen nimmst du den ersten Flug nach New York, steigst in ein Taxi und fährst zur Pomerado Road 166, zum Café Nelson. Dort werde ich dich erwarten.« Er sagt das mit solch einer Überzeugung, als wisse er, dass ich es tun würde.

Ich frage ihn: »Warum soll ich auf einen fremden Mann hören, der mir im Traum erscheint? Und nur, um mit ihm zu reden, soll ich auf einen anderen Kontinent fliegen?«

Der alte Mann lächelt wieder herablassend, kommt auf mich zu und sagt mit überzeugter Stimme: »Weil ich es weiß!« Ohne Vorwarnung ergreift er die Schere, die ich vorhin noch in der Hand hielt, und sticht sie mir mitten durch mein Herz! –

Völlig verschwitzt springe ich aus meinem Bett. Ich erblicke Blut auf meinem Bettlaken. Total aufgeregt kremple ich mein T-Shirt hoch, um zu sehen, wie groß die Wunde in meiner Brust ist. Ich atme auf und realisiere, dass alles nur ein böser Traum gewesen ist. Das Blut stammt von meiner zerschnittenen Hand. Dann gehe ich in die Küche und säubere die Wunde. Es ist fünf Uhr morgens. Ich bin völlig verwirrt und der Traum lässt mich nicht mehr los. Ich sehe immer noch den alten Mann vor mir, es kommt mir alles so real vor, als wäre er wirklich hier gewesen. Ich muss ja verrückt sein, zu glauben, dass ich heute nach New York fliege.

Nachdem ich die Wunde verbunden habe, lege ich mich wieder ins Bett und versuche, wieder einzuschlafen. Aber es klappt noch weniger als vorhin. Der alte Mann geht mir nicht aus dem Kopf. Es mag komisch klingen, aber ich glaube diesem Mann wirklich. Trotzdem kann ich doch nicht einfach nach New York fliegen. Zudem habe ich keinen Job mehr, meine Freundin hat mich verlassen und an der Uni kann ich mich nach dem heutigen Ausraster auch nicht mehr sehen lassen. Wäre es denn so verrückt, diesem Hirngespinst hinterherzujagen? Andererseits, was habe ich zu verlieren?

Ich fälle einen Entscheid. – In meinem Kleiderschrank durchwühle ich meine Unterwäsche, denn irgendwo dahinter ist eine kleine Dose mit meinem Ersparten. Ich nehme das Geld heraus, hole meine Sporttasche hervor und fülle sie mit meinen Klamotten. Ich lösche die Lichter, verlasse meine Wohnung und mache mich auf zur Busstation. Wer hätte gedacht, dass ich heute noch nach Amerika reisen würde!

Auf dem Flughafen angekommen, gehe ich direkt zum Schalter und kaufe mir ein viel zu teures Ticket in die USA. Ich habe Glück, denn mein Flug wird schon ausgerufen. Am Gate angekommen, stehen die Leute bereits zum Boarding an. Als ich da so in der Reihe stehe, wird mir erst richtig klar, was ich hier eigentlich mache: Nur aufgrund eines Traums fliege ich mit dem letzten Geld, das ich besitze, auf einen anderen Kontinent! Bin ich eigentlich vollkommen bescheuert?

Ich werde aus meinen Gedanken gerissen, als mich jemand fragt: »Sir, Ihr Ticket und Ihren Ausweis bitte.«

Offensichtlich war ich so in meinen Gedanken versunken, dass ich gar nicht bemerkt habe, dass ich schon an der Reihe bin. Bevor ich dem Steward hinter dem Tresen mein Ticket gebe, zögere ich ein bisschen. Ach, was solls, denke ich und gebe ihm meinen Flugschein zum Scannen. So, jetzt gibt es kein Zurück mehr. Ich steige in den Flieger und setze mich auf meinen gebuchten Platz Nummer 14B, der sich am Mittelgang befindet.

Während des gesamten Fluges mache ich mir ernsthaft Gedanken über meinen Entschluss. Was ist, wenn das alles gar nicht wahr ist? Und was ist, wenn alles tatsächlich zutrifft? Was mache ich, wenn ich wieder zurück bin? Viele Fragen und keine Antworten.

Nach einem Acht-Stunden-Flug komme ich ziemlich gerädert in New York an. Es ist mein erstes Mal in Amerika, alles wirkt so groß und anders. Ich gehe direkt zur Einwanderungsbehörde.

Bei der Passkontrolle fragt mich der Beamte nach dem Grund meines Besuches in den USA. Wie würde er wohl reagieren, wenn ich ihm sagte, ich sei aufgrund eines Traums hier? Selbstverständlich unterlasse ich das und antworte ihm, dass ich hier Urlaub machen wolle. Er lässt mich passieren und ich gehe zum Taxistand.

Dem ersten Taxifahrer, der mich nach meinem Ziel fragt, zeige ich den Zettel mit der Adresse: Pomerado Road 166. Offenbar kennt der Fahrer diese Straße, was schon mal ein gutes Zeichen ist. Meine Zweifel an der ganzen Geschichte schwinden langsam. Beim Café Nelson hält er an. Mit den Dollars, die ich noch am Flughafen gewechselt habe, bezahle ich den Taxifahrer und steige aus. Ich stehe auf der gegenüberliegenden Straßenseite und es ist mir ein bisschen mulmig zumute. Wie ist das möglich, bis jetzt stimmt alles Gesagte aus dem Traum. Ich komme mir vor wie in einem Film, denn nur dort passieren solche Geschichten.

Ich nehme meinen ganzen Mut zusammen, überquere die Straße und gehe in das Lokal. Es ist vier Uhr nachmittags. Das Café ist beinahe leer. Nur zwei Männer, die Darts spielen, und eine jüngere Dame, die an der Bar sitzt, sind anwesend. Weit und breit kein älterer Mann in Sicht. Ich setze mich in eine Ecke, von wo aus ich einen Überblick über den ganzen Raum habe, und bestelle beim Barkeeper ein großes Magnus-Bier.

Die wahre Geschichte

Seit über zwei Stunden sitze ich nun in diesem Café, habe schon das dritte Magnus intus und warte immer noch auf den alten Mann, der mir im Traum erschienen ist. Langsam wird mir klar, dass ich verrückt sein muss. Ich bezahle meine Rechnung, stehe genervt auf und gehe zur Tür. Doch plötzlich, wie aus dem Nichts, steht der alte einarmige Mann aus meinem Traum vor mir. Ich bin schockiert und es fehlen mir die Worte. Einerseits kann ich es kaum glauben, dass er tatsächlich da ist, andererseits bin ich auch wütend, dass er mich so lange hat warten lassen. Er sieht mich lächelnd an. Auf dem Rücken trägt er einen Gitarrenkoffer. Ohne mich großartig zu begrüßen, sagt er: »Da bist du ja endlich, komm, setzen wir uns.«

Wäre ich nicht immer noch so geschockt über das, was hier gerade geschieht, würde ich ihm ordentlich die Meinung sagen. Ich nehme diese lange Reise auf mich und er lässt mich so lange warten! Wir setzen uns an denselben Tisch, wo ich vorher schon gesessen habe. Die Kellnerin bringt jedem von uns eine Cola.

Merlin, so hatte er sich ja in meinem Traum vorgestellt, sagt direkt, um was es geht: »Also, mein Junge, gut, dass du gekommen bist. Ich habe eine wichtige Aufgabe für dich.«

Mutig unterbreche ich ihn: »Zuerst habe ich ein paar Fragen an Sie. Warum erscheinen Sie mir im Traum? Warum wählen Sie gerade mich aus? Wer sind Sie überhaupt?«

Worauf Merlin antwortet: »Keine Angst, ich erkläre dir alles. Du darfst mich aber nicht mehr unterbrechen und musst mir bis zum Ende zuhören.« Ich nicke und bin gespannt, was er mir zu sagen hat. »Was schätzt du, wie alt ich bin, Linus?«

»Hm, um die 55 Jahre?«

Er grinst nur und sagt: »Nicht ganz, ich bin 4640 Jahre alt.«

Ich halte kurz inne, bevor ich zu lachen anfange: »Ach, so ist das, Sie sind ein Verrückter oder ein Scherzkecks.«

Er antwortet kühl: »In dem Fall bist du wegen eines Verrückten um die halbe Welt geflogen.«

Eigentlich hat er damit recht, trotzdem versuche ich ernst zu bleiben und lasse ihn weiterreden. Mit ernster Stimme beginnt er seine Geschichte zu erzählen: »Vor über 4000 Jahren wurde ich in England als Sohn einer armen Bauernfamilie geboren. Wir hatten kaum etwas zum Leben. Wir wohnten in einem kleinen Fischerdorf. Da wir nicht genug zu essen hatten, begann ich schon als kleiner Junge auf dem Markt Lebensmittel zu stehlen. Meine Eltern waren nicht begeistert, sahen aber keine andere Möglichkeit, um über die Runden zu kommen. Als ich 21 Jahre alt war, starben meine Eltern an schweren Krankheiten. Ich stand nun alleine da und übernahm das Ackerland. Doch da mir das Bauernleben noch nie zugesagt hatte, verkaufte ich das Land. Mit meinem Jugendfreund Noah zog ich dann eine Zeit lang herum. Wir schlugen uns mit kleineren Diebstählen durchs Leben. Eines Tages hatten wir es auf eine noblere Familie am Hafen abgesehen. Wir warteten, bis es dunkel wurde, dann drangen wir in das Haus ein und suchten nach Wertgegenständen. Der Mann des Hauses überraschte uns aber plötzlich, worauf wir aus dem Fenster sprangen und wegrannten, so schnell wir konnten. Der Mann läutete die Glocken und schrie: ›Diebe! Da laufen sie!‹ Überall in den umliegenden Häusern gingen die Lichter an und wir wurden entdeckt. Wir entschieden uns darauf, zum Hafen zu rennen, doch eine Meute von Leuten verfolgte uns. Noah und ich sprangen auf ein kleineres Schiff, lösten die Leinen und konnten gerade noch rechtzeitig ablegen. Aber wir konnten weder segeln, noch hatten wir sonst irgendeine Ahnung von der Schifffahrt. Ein heftiger Sturm zog auf und trieb uns aufs offene Meer hinaus. Wir waren machtlos und verkrochen uns unter Deck, um abzuwarten, bis der Sturm vorbei war. Wir wussten nicht, wie lange wir auf dem Meer trieben. Vor Erschöpfung schliefen wir irgendwann ein. Als wir wieder erwachten, befanden wir uns auf dem offenen Meer und weit und breit kein Land in Sicht. Der Himmel war klar und ein leichter Wind trieb uns in irgendeine Richtung.

Wir gerieten in Panik. Wo sind wir? Was machen wir jetzt? Da wir langsam Hunger bekamen, suchten wir auf dem Schiff nach etwas Essbarem. Zum Glück fanden wir ein paar Kisten. Mit einem Sack Kartoffeln und zwei Fässern Wasser konnten wir einige Zeit überstehen.

Es vergingen Tage, es vergingen Wochen und immer noch war kein Land in Sicht. Wir waren am Ende unserer Kräfte, die Esswaren waren schon lange aufgebraucht. Wir wussten uns nicht mehr zu helfen, lagen auf dem Boden und warteten eigentlich nur noch auf den sicheren Hungertod. Als ich so in den Himmel starrte, erblickte ich einen Vogel. Ein kleiner Funken Hoffnung ging durch meinen Kopf: Wo Vögel sind, muss auch Land sein. Aufgeregt weckte ich Noah. Und tatsächlich, am Horizont sahen wir Land! Wir mobilisierten unsere letzten Kräfte und ruderten der Küste entgegen. Je näher wir kamen, desto deutlicher konnten wir schneeweiße Felsen erkennen. Als wir diese erreicht hatten, sprangen wir von Bord. Die Gegend war sehr eindrücklich, wir hatten so etwas zuvor noch nie gesehen. Es war ein riesiges Plateau aus weißem Stein, in dessen Mitte sich ein rundes Wasserloch mit einem Durchmesser von etwa dreißig Metern befand. Um dieses Wasserloch herum wuchsen Bäume mit Früchten, die wir noch nie gesehen hatten. Sie waren halb orange, halb blau und hatten die Größe eines Apfels. Wir sprangen ins kühle Nass und tranken von diesem Wasser. Auch die Früchte schmeckten sehr gut und wir aßen den halben Baum leer. Frisch gestärkt und mit vollem Bauch legten wir uns erschöpft unter die Bäume.

Doch unsere Ruhe währte nicht lange. Durch einen eigenartigen Lärm wurden wir aufgeschreckt. Wir waren umzingelt von einer Schar Menschen, die alle mit Federkostümen bekleidet und mit Speeren bewaffnet waren. Sie packten uns und fesselten uns an Armen und Beinen. Sie hatten eine dunkle Haut, ihre Gesichter waren bemalt. Sie redeten eine Sprache, die wir noch nie zuvor gehört hatten. Sie schleiften uns hinter einen Hügel auf dem Plateau und banden uns an einen Pfahl. Zwei von ihnen gestikulierten wild. Möglicherweise ging es um den Baum, von dem wir die Früchte gegessen hatten. Sie redeten auf uns ein und es war ihnen unbegreiflich, dass wir sie nicht verstanden. Sie glaubten wohl, dass wir Außerirdische seien. Zwei von diesen Kriegern banden uns dann vom Pfahl los. Zusammen mit großen Steinen, an denen Seile befestigt waren, brachten sie uns zurück zum Wasserloch. Wir ahnten, was sie mit uns vorhatten. Und tatsächlich banden sie uns die Steine an die Füße. Auch die Hände wurden uns hinter dem Rücken festgebunden. Wir wehrten uns wie wild, doch wir waren machtlos. Als die Steine an uns befestigt waren, wurden wir hochgehoben und ans Ufer des Wasserlochs getragen. Wir wehrten uns nochmals heftig. Der Anführer gab den Befehl, uns ins Wasser zu werfen, und die schweren Steine zogen uns direkt in Richtung Abgrund. Wir hatten keine Chance, uns zu befreien. Meine Lungen füllten sich mit Wasser und ich glaubte zu ertrinken. Doch plötzlich leuchtete mir von unten ein Licht entgegen. Es schimmerte in allen Farben und es wurde immer heller. Ich fühlte plötzlich wieder Luft an meinen Beinen und dann auch am übrigen Körper. Ich flog durch die Luft und schlug am Boden auf. Noah landete neben mir. Wir schnappten nach Luft und husteten das ganze Wasser aus den Lungen. Als wir wieder einigermaßen bei Sinnen waren, schauten wir nach oben, von wo wir hergeflogen gekommen waren. Wir staunten nicht schlecht, als wir sahen, dass die Decke über uns aus Wasser bestand. Aus irgendeinem Grund kam es nicht nach unten. Wir befreiten uns gegenseitig von den Fesseln und den schweren Steinen. Als wir uns umschauten, trauten wir unseren Augen nicht. Da war eine gigantische Wand, die in allen Farben leuchtete, so ähnlich wie ein Fleck Öl am Boden. Wir waren fasziniert von dem Farbenspektakel. Um noch besser erkennen zu können, um was es sich dabei handelte, gingen wir näher heran. Es war wunderschön, aber irgendwie auch furchteinflößend. Ich streckte meine Hand aus, um es zu berühren. Es fühlte sich an wie eine Glasscheibe. Offenbar war dies das Leuchten, das wir während des Tauchgangs gesehen hatten.

Der Raum, in dem wir uns befanden, war wie eine unterirdische Höhle. Wir suchten nach einem Ausgang, wobei ich über einen Stein stolperte und mit dem Gesicht im Schlamm landete. Als ich mich wieder aufrappelte und mir den Dreck aus den Augen wischte, erblickte ich einen funkelnden Stein am Boden. Ich hob ihn auf. Ich hatte noch nie so einen wunderschönen Stein gesehen. Außen war er hellblau und aus seinem Inneren schimmerten schwarzweiße Punkte durch ihn hindurch. Bei näherem Betrachten bemerkte ich, dass sich die Punkte bewegten. Auch Noah war fasziniert. Als ich den Stein so in meiner Hand hielt, hatte ich das Gefühl, als würde er mich in Richtung der farbigen Wand ziehen. Obwohl wir eigentlich den Ausgang gesucht hatten, gingen wir jetzt wieder zurück. Ich hielt den Stein an die Wand und plötzlich öffnete sich ein Portal. Der Stein haftete weiterhin an der Wand und um ihn herum wurde es nun weiß. Da ich so etwas noch nie erlebt hatte, wurde ich neugierig. Ich berührte diese Stelle und meine Hand ging durch die Wand, dann sogar mein ganzer Körper. Ich zog Noah mit mir mit. In diesem Portal machten wir eine spirituelle Erfahrung, bei der uns vor unserem inneren Auge gezeigt wurde, wie das Universum entstanden war: Eine weiße und eine schwarze Wand prallten aufeinander. Die weiße Wand war die lebendige Materie, die schwarze die tote Materie. Als sie sich berührten, gab es einen unglaublichen Knall, den Urknall. Darauf bildete sich zwischen der weißen und der schwarzen Seite das Tor, durch welches wir hindurchgegangen waren. Das Tor bildete also auch die Grenze zwischen Leben und Tod. Beim Zusammentreffen dieser beiden Materien vermischten sich die weißen und schwarzen Teile und formten ein kleines Objekt, den Stein, welcher uns hierhergebracht hatte. Der Stein bestand also aus lebender und toter Materie, ich nannte ihn ›den Stein der Weisen‹.

Diese spirituelle Erfahrung dauerte nur wenige Sekunden. Als wir dann auf der anderen Seite ankamen, fanden wir uns in einer ganz anderen Welt wieder. In dieser Welt gab es kein unten und oben, keine Schwerkraft und keine Zeit. Wir waren an dem Ort, den ihr Himmel und Hölle nennt. Wir sahen Menschen und Tiere, aber keine lebenden Wesen, sondern nur deren Seelen. Offenbar durchlebten sie hier alte Erinnerungen aus ihrer Vergangenheit noch einmal. Sie konnten uns weder sehen noch hören, noch uns berühren. Wir waren ein wenig ängstlich, aber trotzdem neugierig. Wir sahen Kinder in einem Haus, die mit ihren Eltern und Großeltern spielten. Wir sahen Menschen, die in einer dunklen Ecke dieser Welt bitterlich weinten. Für manche war es eben der Himmel, für andere die Hölle, je nachdem, was sie in ihrem Leben gemacht hatten. Hatte man in seinem Leben mehrheitlich gute Taten vollbracht, wurde man hier mit schönen Erinnerungen belohnt. Hatte man aber primär schlimme Taten begangen, so wurde man permanent von diesen verfolgt und daran erinnert.

Ich zog den Stein aus der Wand heraus und das Tor schloss sich wieder. Wir schritten ein wenig in dieser Welt umher und sahen Unglaubliches. Wir erblickten Wale, welche hoch über unseren Köpfen vorbeizogen, Löwen, welche an uns vorbeischritten, aber auch ganz normale Menschen, welche zusammen an einem Tisch saßen und sich unterhielten. Doch plötzlich sahen wir, wie eine schwarze Wolke auf uns zukam. Sie hatte keine richtige Form und änderte ihre Struktur permanent. Vor uns hielt sie an. Wir hatten Angst vor der Aura, welche dieses Ding ausstrahlte. Auf einmal begann es in unserer Sprache zu reden. Mit einer tiefen Stimme sagte es: ›Bitte befreit mich und lasst mich hier raus!‹ Schützend hielt ich den Stein vor uns und das schwarze Ding wich sofort zurück. Wie es aussah, hatte es Angst vor dem Stein. Ohne etwas zu sagen, verzog es sich wieder. Für heute hatten wir genug gesehen und gingen wieder in Richtung des Portals. Dort angekommen, warfen wir noch einen letzten Blick auf diesen fantastischen Ort, bevor wir mit dem Stein das Portal berührten. Die Tür öffnete sich und Noah ging als Erster hinaus. Ich drehte mich noch einmal um, bevor auch ich diese unwirkliche Welt verließ. Doch mit Schrecken sah ich, dass mich dieser schwarze Nebel verfolgte. Er machte furchteinflößende Geräusche und es schrie wieder: ›Lass mich hier raus!‹ Ich rannte durch das Portal hindurch und entfernte den Stein wieder, so dass das Ding nicht mehr herauskonnte. Völlig erschöpft, wie wir waren, mussten wir uns zuerst einmal setzen und das gerade Erlebte sacken lassen. Ich verstaute den Stein in meine Hosentasche und machte mich mit meinem Freund auf, die Höhle zu verlassen.

Es war ein langer Weg. Der Gang hatte immer eine konstante Höhe, doch die Wasserdecke war nur da vorhanden, wo sich das Tor befand. Wie es aussah, ging von diesem Tor eine Kraft aus, welche das Wasser davon abhielt, herunterzufließen. Wir liefen ungefähr einen Kilometer, bis wir eine natürliche Treppe entdeckten, die nach oben führte. Zum Glück erhellte das Leuchten des Tores auch den gesamten steinernen Gang. Als wir oben ankamen, merkten wir, dass der weitere Weg blockiert war. Ein großer Stein verunmöglichte das Weitergehen. Da Sonnenstrahlen an ihm vorbei zu uns hindurchdrangen, wussten wir, dass wir auf dem richtigen Weg waren. Wir versuchten den Stein mit aller Kraft zur Seite zu schieben und waren erstaunt, dass es klappte. Es tat sich uns wieder eine neue Welt auf. Wir befanden uns jetzt in einer Höhle. Als wir aus der Höhle herauskrabbelten, standen wir in einem Wald und sahen in der Ferne Menschen, die genauso aussahen wie die, die versucht hatten, uns im Wasser zu ersäufen. Bei genauerem Hinsehen konnten wir erkennen, dass es sich um 13 Soldaten handelte. Wir blieben in der Höhle, damit sie uns nicht sahen. Ich lehnte mich an den Stein, der vorher den Eingang blockiert hatte. Zu unserem Pech kam er ins Rollen und krachte auf einen anderen, am Boden liegenden Stein. Aufgrund dieses Getöses wurden wir von den Stammeskriegern entdeckt, die darauf mit erhobenen Speeren auf uns zurannten. Wir wussten, dass wir in Sicherheit sein würden, wenn wir das Portal wieder öffneten. Also legten wir einen Sprint hin, um das Tor so schnell wie möglich zu erreichen. Als wir ankamen, heftete ich den Stein wieder an die Wand, die sich tatsächlich wieder öffnete. Doch als ich mich umdrehte, stellte ich mit Erschrecken fest, dass Noah gestolpert war. Er lag verletzt am Boden und konnte alleine nicht mehr aufstehen. Ich ließ den Stein also stecken und rannte zurück, um ihm zu helfen. Unsere Verfolger waren nur noch ein paar Meter entfernt. Als ich Noah endlich auf die Beine geholfen hatte, spürte ich einen grausamen Schmerz in meiner Schulter. Eine Axt, welche einer der herannahenden Krieger geworfen hatte, steckte zur Hälfte in meiner Schulter. Es waren nur noch wenige Meter bis zum Ziel. Wir konnten es schaffen. Wir stützten uns gegenseitig, um vorwärtszukommen. Als wir nur noch zwei Meter vom Portal entfernt waren, bemerkten wir etwas Schreckliches: Aus dem Portal heraus kam uns wieder dieser schwarze Nebel entgegen. Wir warfen uns auf den Boden und versteckten uns hinter einem Felsen. Das schwarze Ding gab höllische Geräusche von sich. Auch unsere Verfolger machten Halt und waren starr vor Angst. Denn aus dem schwarzen Monster kamen 13 Arme aus schwarzem Rauch heraus, von welchen jeder einen der Soldaten ergriff. Sie schrien vor Angst und wehrten sich wie wild, doch sie hatten keine Chance. Der Nebel verschlang die 13 Krieger und ließ sie in seinem Innern verschwinden. Die Arme verschwanden ebenso wieder in der Rauchgestalt. Auf einmal nahm der Nebel eine noch deutlichere Gestalt an. Zuerst erschienen zwei riesige Arme und Beine. Anschließend kamen 13 Hälse mit 13 Köpfen zum Vorschein. Die Köpfe hatten weder Augen noch Nasen, nur große Gebisse mit scharfen Zähnen. Die neu erstandene Kreatur war vollkommen schwarz und wurde immer größer. Wir ergriffen unsere Chance und schlüpften hinter ihm auf die andere Seite, von wo es hergekommen war. Sogleich verschlossen wir das Tor. Erst jetzt konnte mir Noah die Axt aus meiner Schulter ziehen. Ich konnte danach meinen Arm nicht mehr bewegen, zu viele Nerven waren durchtrennt worden. Vor Schmerz fiel ich in Ohnmacht und war am Verbluten. Um zu überleben, gab es nur eine Möglichkeit, der Arm musste ab. Als ich wieder zu mir kam und die Situation überblicken konnte, gab ich Noah den Befehl für das Unausweichliche. Noah sah zwar, dass dies die einzige Möglichkeit für mich war, zu überleben, doch er zögerte lange. Aber die Zeit drängte. Noah nahm die Axt, ich wandte den Kopf zur Seite, er schlug einmal kräftig zu und der Arm war ab. Um die Blutung zu stoppen, zog Noah sein Hemd aus und wickelte es um die klaffende Wunde. Bevor ich wieder ins Koma fiel, erinnerte ich mich an den Stein in meiner Hosentasche. Ich nahm ihn hervor und hielt ihn an meine blutüberströmte Wunde in der Hoffnung, der Stein habe noch weitere Fähigkeiten, außer ein Tor in eine andere Welt zu öffnen. Wie durch ein Wunder stoppte tatsächlich die Blutung und die Wunde schloss sich. Der Stein musste tatsächlich magische Fähigkeiten haben. Auch Noah war jetzt total erschöpft von all den Erlebnissen. Wir blieben noch sitzen, um uns davon zu erholen. Doch dann fing der Stein in meiner Hand an, mich in eine bestimmte Richtung zu leiten. Wir standen auf und folgten ihm.

Wir erkannten, dass es in dieser Welt offenbar eine Art Weg gab, welcher wie weißer Marmor aussah. Wir liefen an zahllosen Seelengeschichten und Welten vorbei, bis wir an einen Schrein kamen. Dieser hatte einen Boden, der wie ein Sternenhimmel aussah. In seiner Mitte befand sich ein ungefähr zwei Meter großer Spiegel, zu dem uns der Stein zog. In dem Spiegel kamen plötzlich Bilder zum Vorschein. Es wurden offenbar Geschehnisse gezeigt, die sich gerade an der Oberfläche abspielten. Es war wieder die 13-köpfige Kreatur zu sehen, die uns jetzt noch viel größer erschien. Sie färbte den Himmel grau und überall auf der Welt gab es Erdbeben. Es waren Bilder wie in der Apokalypse. Wir sahen Bilder aus der ganzen Welt. Auch von uns zuhause. Doch dann verschwanden die Bilder und ein neues tauchte auf. Es zeigte meinen abgetrennten Arm. Wir wussten nicht, was das zu bedeuten hatte. Dann verschwand auch dieses Bild und der Spiegel war wieder leer, nicht einmal uns selbst konnten wir in ihm sehen. Wir standen da und wussten nicht, was wir tun sollten, als sich wie aus dem Nichts der Stein in meiner Hand wieder meldete. Er zog uns dorthin zurück, wo mein Arm lag. Der Stein ›verlangte‹ offenbar, dass ich ihn auf meinen abgetrennten Arm legte. Ich tat dies und mein Arm verschwand in gleißendem Licht. Ich konnte spüren, dass mein Körper während dieses Vorgangs anfing zu altern. Auch meine Haut fühlte sich an, als wäre ich zwanzig Jahre älter. Nach einigen Sekunden verschwand dieses Licht wieder und zum Vorschein kam ein wunderschönes Schwert. Zögernd griff ich danach. Es war leicht wie eine Feder und hatte eine weiße Klinge mit einem schwarzen Griff. Ich glaubte plötzlich zu wissen, dass das, was der Spiegel uns zu sagen versuchte, war, dass wir das Monster da draußen mit dieser Waffe töten könnten. Wir gingen zurück zum Tor, öffneten es und eilten so schnell es ging wieder hinaus in die Freiheit.

Draußen angekommen, sahen wir unseren Feind, der nun schon über zehn Meter hoch war. Bei diesem Anblick erstarrten wir vor Angst. Ich nahm aber trotz der Furcht allen Mut zusammen und ging auf die Bestie los. Aus zwanzig Meter Entfernung schrie ich: ›Hey, du hässliche Kreatur, hier unten bin ich!‹ Sie drehte sich zu mir, alle 13 Köpfe waren auf mich gerichtet. Die Bestie erhob einen ihrer Arme, um mich zu erschlagen, doch schützend hielt ich ihr das Schwert entgegen. Nur mit dieser Geste war ich stärker als dieses riesige Ungetüm. Ich nahm all meinen Mut zusammen und warf das Schwert auf ihn, dabei zielte ich auf die Stelle, wo ich das Herz vermutete. Es flog, wie von Geisterhand gelenkt, direkt in seine Brust. Das schwarze Ding schrie vor Schmerzen, so dass mir fast das Trommelfell platzte, und glitt dann langsam zu Boden. Beim Aufprall explodierten seine Köpfe. Seine Schädel flogen in alle Himmelsrichtungen, sein Körper fiel in sich zusammen und es wurde wieder zu dem Nebel, der es einst gewesen war. Doch aus dem sich formenden Nebel schossen vier schwarze Rauchwolken hervor, die alle in eine Richtung flogen. Der Rest der Kreatur löste sich in Luft auf.

Wir waren erleichtert, dass es vorbei war. Schnell holte ich mein Schwert, das noch am Boden lag. Da wir keine Ahnung hatten, was da geschehen war, entschieden wir uns, wieder zurück hinter das Tor zu dem Spiegel zu gehen. Kaum waren wir dort angekommen, bildeten sich wieder Bilder darin. Sie zeigten, wie die vier Rauchsäulen, welche die Kreatur verlassen hatten, in vier Männer hineinflogen und Kontrolle über deren Körper nahmen. Ihr kennt diese vier Menschen unter dem Namen ›Die vier Reiter der Hölle‹. Dann erschienen Bilder, die wohl die Zukunft zeigten: Vier Menschen wurden mit Hilfe von 13 kristallenen Schädeln zusammengefügt und verwandelten sich dann wieder in diese Bestie. Dann kamen Bilder, die zeigten, wie das Monster die gesamte Welt zerstören würde. Wir begriffen, dass wir die 13 Schädel vor diesen vier Menschen finden mussten, damit das nicht geschehen wird. Der Spiegel wurde wieder leer. Offenbar war das alles gewesen, was er uns zeigen wollte.

Wir beschlossen, erst einmal die Höhle zu verlassen, um dann zu besprechen, wie wir weiter vorgehen würden. Mit vereinten Kräften schoben wir den Stein wieder vor die Höhle und tarnten den Eingang mit einigen Ästen. Jedenfalls mussten wir uns nicht mehr vor den Stammeskriegern fürchten, denn diese waren alle getötet worden. Es war uns aber klar, dass es schwierig sein würde, alleine den Weg zurück zu finden.

Wir schlenderten an den weißen Klippen entlang, die wir schon kannten. Da wir Hunger hatten, wollten wir die Bäume mit den leckeren Früchten wiederfinden. Doch plötzlich rutschte Noah mit einem Fuß ab und fiel von der Klippe. Ich war zu langsam und konnte nicht rechtzeitig reagieren. So schnell ich konnte rutschte ich die Felswand herunter, um meinem Freund zu helfen. Der Anblick war entsetzlich. Noah war seitlich von einer spitzen Felskante aufgespießt worden. Mit aller Kraft, die ich mit meinem einzigen Arm aufbringen konnte, schaffte ich es, ihn auf den Boden zu hieven. ›Noah, Noah!‹, schrie ich. Er öffnete seine Augen und sprach zu mir: ›Mein Körper ist nun unbrauchbar. Ich würde dir aber gerne noch behilflich sein, zurück nach Hause zu kommen.‹ Verzweifelt holte ich den Stein aus meinem Hosensack, um Noah zu helfen. Doch er wies mich zurück mit den Worten: ›Es bringt nichts mehr, ich werde sterben und das ist auch gut so. Ich weiß ja jetzt, wo ich hinkomme.‹ Er lächelte und fügte mit letzter Kraft hinzu: ›Heile nicht meine Verletzung, sondern verwende meinen Körper so wie vor kurzem deinen verlorenen Arm. Verwandle mich in ein Schiff, das dich zurückbringt.‹ Er hustete Blut und seine letzten Worte waren: ›Viel Glück, mein Freund, hiermit willige ich ein, dass du meinen Körper dazu verwenden kannst.‹ Mit einem Lächeln auf dem Gesicht schloss er für immer seine Augen. Ich hielt seine Hand und weinte bitterlich. Es wurde dunkel und ich verbrachte die ganze Nacht neben Noahs leblosem Körper.

Am nächsten Morgen erfüllte ich Noahs letzten Willen, der darin bestand, mich selbst sicher zurückzubringen. Ich legte den Stein neben den leblosen Körper und es geschah ein ebensolches Wunder wie bei meinem Arm. Ich stellte mir innerlich ein Schiff vor und Noah verschwand im gleißenden Licht. Das Licht wurde immer stärker und wanderte zum Meer. Dort verlosch es und zum Vorschein kam ein gigantisches Schiff, wie ich es noch nie gesehen hatte. Es war mindestens hundert Meter lang und an die zehn Meter hoch. Ich nannte es die Arche Noah. Wie beim letzten Mal, als ich die Kraft des Steins verwendet hatte, alterte mein Körper auch jetzt schlagartig. Das Benutzen des Steins entzog mir viel Kraft.

Ich zögerte nicht lange und belud das Schiff mit feinen Früchten und Wasser. Ich verlor keine Zeit und stach alleine in See. Den kleinen Zauberstein hängte ich mir als Halskette um den Hals. Das Schiff hatte keinen Motor, wie von Geisterhand gesteuert glitt es über das Wasser. Es war so riesig, dass man eine ganze Armee darauf hätte transportieren können. Auf der langen Reise machte ich mir viele Gedanken über den Ort, den wir entdeckt hatten, und was wir dort alles erlebt hatten.

Nach einigen Tagen auf dem Meer näherte ich mich endlich wieder England. Mit meinem jetzigen Aussehen eines alten Mannes würde mich wohl niemand mehr erkennen. Als ich im Hafen anlegte, wurde ich von einer gewaltigen Menschenmasse empfangen, denn sie hatten dieses unbekannte riesige Schiff schon aus weiter Ferne erblickt. Noch vom Schiff aus konnte ich die

Verwüstung an Land sehen. Es hatten sich Risse in der Erde gebildet und auch sonst war alles verwüstet. Auch das war wohl das Werk des Monsters, das ich getötet hatte.

Während der Überfahrt hatte ich mir einen Plan überlegt. Nachdem mich die Menschen begrüßt und über das gewaltige Schiff befragt hatten, suchte ich mir einen erhöhten Platz, von wo aus ich zu den Leuten sprechen konnte. Ich stand also bald auf einem Fass Wasser und sprach zu dem Volk: ›Meine Freunde, ich komme von weit her, weit hinter dem Ozean habe ich neues Land entdeckt. Es ist praktisch unbewohnt und hat genügend Platz für alle. Wie ihr seht, habe ich ein Schiff, das uns alle dorthin bringen kann. Wer möchte dabei sein?‹

An die hundert Menschen machten sich in den nächsten Tagen bereit, mich zu begleiten. Ich erzählte ihnen von meinen Erlebnissen und von dem, was sie dort erwartete, hielt es aber doch für klug, das Tor, welches mich auf die Seite der Toten gebracht hatte, nicht zu erwähnen. Ich berichtete nur von dem schwarzen Monster und dessen Verbleib.

Ein paar Tage später machten wir uns auf den Weg und das Schiff fand wieder zum weißen Felsplateau auf der anderen Seite des Ozeans zurück. Dort erwählte ich fünf Menschen, die ich zu meinen Gehilfen und Vertretern in diesem neuen Land machte. Unsere Aufgabe war vor allem, die besagten Schädel zu finden, nur leider wusste ich nicht, wo wir anfangen sollten. Ich dachte zunächst, die Schädel müssten irgendwo in der Nähe sein, was ein gewaltiger Irrtum war, denn sie waren auf der ganzen Welt verstreut.

Ich stellte fest, dass, solange ich den Stein um den Hals trug, mein Alter konstant blieb. So verbrachte ich die nächsten 700 Jahre damit, die verschwundenen Schädel zu finden. Ich suchte auf der ganzen Welt nach ihnen und fragte überall nach irgendeinem Hinweis. Während dieser Zeit gelang es mir, zwei der 13 Schädel zu finden. Diese versteckte ich hinter dem Tor, weil dort niemand außer mir hingelangte. Mit Hilfe meines Steins baute ich dort eine Art Gerüst, welches die Kraft der Schädel unterdrückte. Erst wenn ich alle Schädel hier versiegelt hätte, würden die vier Reiter sterben. Sie waren unsterblich und unverwundbar, allerdings mit dem Fluch belegt, dass die vier keine lebende Kreatur töten können. Dann könnte ich zur Ruhe kommen, denn erst dann wäre die Welt für immer sicher vor der Apokalypse. Nur außerhalb des Tores könnte das Monster wiederbelebt werden, an dem Ort, wo es zum ersten Mal seine richtige Gestalt angenommen hatte.

Eines Tages brachte mich meine Reise nach Jerusalem. Ich hatte einen Hinweis bekommen, dass sich hier ein weiterer Schädel befinden sollte. Als ich so durch die Stadt spazierte, sah ich eine junge Frau am Straßenrand sitzen, die elendiglich heulte. In all den Jahren hatte ich unzählige Sprachen erlernt, so sprach ich sie auf Hebräisch an und fragte, warum sie weine. Sie erklärte mir, dass sie sich seit Jahren nichts sehnlicher wünsche als ein Kind, es aber einfach nicht klappen wolle. Ich kniete mich zu ihr hin und fragte, ob das wirklich ihr allergrößter Wunsch sei. Sie bejahte die Frage und wollte wissen, warum ich sie das fragte. Ich sprach zu ihr: ›Ich kann Ihnen nur helfen, wenn Sie einwilligen, dass ich Ihnen helfe.‹ Sie nickte und sogleich holte ich meinen Stein hervor und hielt ihn an ihren Bauch. Der Stein begann zu leuchten und gleichzeitig konnte man zusehen, wie meine Haut alterte. Ich bekam graue Haare und einen langen Bart. Ich sah von diesem Zeitpunkt an so aus, wie ich auch heute aussehe. Ich band mir den Stein wieder um den Hals. Ich stand auf und sagte der Frau, dass es ein Junge sein werde. Vollkommen sprachlos und verwirrt schaute sie mich an. Ich lächelte nur und ging dann wieder meiner Wege. Wie ich später erfahren habe, nannte die Frau ihr Kind ›Jesus‹.

Es vergingen wieder einige Jahrhunderte und ich hatte erst fünf Schädel versiegeln können. Ich war wieder in England, besser gesagt in Camelot. Dort arbeitete ich gerade für den aktuellen König Arthur als Berater. In all den Jahren hatte ich festgestellt, dass ich in meinen Träumen zu all denen Kontakt aufnehmen konnte, welche Nachfahren von Jesus Christus waren. Das hatte wahrscheinlich damit zu tun, dass sie alle mit dem Stein verbunden waren. So war auch König Arthur ein Nachfahre Jesu. Ihm übergab ich mein Schwert, weil nur derjenige, der den Stein trug oder Teil von dessen Blutlinie war, das Schwert beherrschen konnte und dessen magische Fähigkeiten nutzten kann. Außerdem brauchte er für einen bevorstehenden Krieg eine starke Waffe. Er nannte es Excalibur.

Camelot sollte in den nächsten Tagen von einer anderen adligen Familie und deren Armee angegriffen werden. Keiner wusste aber, dass es in diesem Krieg nur um mich ging. In all den Jahren hatten mich die vier Überbleibsel des schwarzen Monsters verfolgt und schließlich aufgespürt. Da sie herausgefunden hatten, dass ich wusste, wo das Tor war, wollten sie mich lebend gefangen nehmen. Auch wussten sie, dass ich dort bereits einige Schädel versiegelt und versteckt hatte. Zum Glück gewannen Arthur und seine Leute die Schlacht und ich blieb unversehrt. Ich überließ dem König das Schwert, denn ich vertraute ihm, zudem war er ein sehr intelligenter und ehrenvoller Mann. Danach begab ich mich wieder auf die Suche.

Als ich nach einigen Jahren wieder zurück nach Camelot kam, war die Stadt zerstört. Ich wusste nicht genau, wer es gewesen war, aber ich ahnte, dass die vier Reiter dahintersteckten. Ich suchte nach Überlebenden und fragte nach König Arthur und dessen Schwert. Alle erzählten mir dieselbe Geschichte, nämlich dass der König am Ufer eines Sees gestorben sei. Vor seinem Tod habe er das Schwert in das Wasser geworfen. Ich machte mich also auf, diesen See zu finden. Und tatsächlich, nur wenige Kilometer entfernt stieß ich auf ihn. Ich konnte die Kraft des Schwertes im Wasser spüren. Es lag aber tief unten auf dem Seegrund, wo ich es nicht erreichen konnte. Also ließ ich die Klinge noch einige Jahrhunderte dort unten, bis die ersten Taucheranzüge erfunden worden waren und ich dadurch die Möglichkeit hatte, das Schwert vom Grund des Sees zu bergen. In all den Jahrhunderten sammelte ich diverse Gegenstände, wie alte Gemälde oder alte Waffen, welche mit der Zeit an Wert gewannen, weshalb ich heute viel Geld erspart habe. Es gab viele Kriege in der Vergangenheit und die meisten galten mir. Doch sie konnten mich nicht besiegen. Heute bin ich fast am Ende meines Lebens und sehr müde geworden.«

Der Plan

Merlin hält inne und sagt dann: »So, Linus, das war die ganze Geschichte mit den wichtigsten Informationen.«

Ich sehe ihm tief in die Augen und schlucke einmal kräftig. Dann kann ich mir das Lachen nicht verkneifen und wiederhole: »Schwarzer Nebel, Arche Noah, Jesus Christus, Excalibur, magische Steine und Wände, 13 Schädel, vier Reiter. Das kann ich nicht wirklich ernst nehmen. Aber Sie haben meinen vollen Respekt für diese phantasievolle Geschichte.« Ich stehe auf und verabschiede mich mit den Worten: »Ich reise wieder zurück nach London. Ich kann Ihre Geschichte nicht glauben und schon gar nicht, dass ich Ihr Auserwählter bin.«

Merlin bleibt jedoch hartnäckig und sagt: »Setz dich wieder hin, Linus! Ich kann dir beweisen, dass ich dir die Wahrheit erzählt habe.«

»Ach ja! Und wie?«, frage ich vorlaut.

Merlin löst eine Kette, die er um den Hals trägt, und legt sie auf den Tisch. Daran befestigt ist tatsächlich der von ihm beschriebene hellblaue Stein mit sich bewegenden weiß-schwarzen Punkten darin.

Ich setze mich wieder hin und schaue mir den Stein etwas genauer an. Er ist wunderschön. Ich kann mir aber nicht erklären, warum sich die Punkte darin bewegen. Langsam bin ich mir doch nicht mehr so sicher, dass alles nur erfunden ist.

Er legt noch einen drauf und sagt: »Wenn dir das noch nicht als Beweis genügt, ich habe auch Excalibur bei mir.«

Ich schaue ihn beeindruckt an und stottere: »Sie wollen mir nicht im Ernst sagen, dass Sie das legendäre Schwert hier in dieser Bar haben?«

Doch Merlin nickt und zeigt auf seinen Gitarrenkoffer, den er neben sich an die Wand gestellt hat. Ich erlaube mir, den Koffer vorsichtig einen Spalt weit zu öffnen, und erblicke ein wunderschönes Schwert, das eine ungewöhnliche Aura umgibt. Ich schließe den Koffer und setze mich beeindruckt wieder hin. Ich bin zunächst sprachlos. Dann realisiere ich langsam, dass die Geschichte, die Merlin erzählt hat, wahr sein könnte. Nach Minuten der Besinnung frage ich ihn: »Also Sie sind über 4000 Jahre alt, haben die Arche Noah erschaffen und sind der Grund für die Geburt Christi?«

Mit einem Lächeln im Gesicht sagt Merlin: »Genau so ist es, Linus.«

Meine nächste Frage folgt sogleich: »Also der Grund, warum Sie mit mir kommunizieren können, ist, dass ich mit dem Stein verbunden und somit ein Nachfahre von Jesus bin?«

»Du hast es verstanden«, antwortet Merlin. Diese Informationen muss ich erst einmal sacken lassen, bevor ich ihm die nächste Frage stelle: »Was hat es mit diesem schwarzen Ding auf sich und wer genau sind diese vier?« Er setzt einen etwas ernsteren Blick auf und antwortet: »Also, diese schwarze Kreatur war der Teufel. Er lebte hinter diesem Tor und quälte einsame Seelen. Und die vier waren die vier Reiter, die in der Apokalypse der Bibel beschrieben sind. Über diese vier kann ich dir sagen, dass sie unsterblich sind, dass sie selber aber niemanden töten können. Sie sind jedoch hochintelligent und verantwortlich für einige Ereignisse im Altertum.«

Verwundert frage ich nach: »Was denn für Ereignisse?«

Merlin erklärt: »Sie haben zum Beispiel den Plan für die Pyramiden erstellt und deren Bau auch überwacht. Dank ihnen hatten die Ägypter eine sehr weit fortgeschrittene Technologie. Wie man auf einigen Zeichnungen der alten Ägypter sehen kann, besaßen sie Elektrizität wie auch diverse Flugmaschinen. Die Pyramiden sind keine Gräber für Pharaonen, wie die Geschichtsbücher euch weismachen wollen, nein, tief in ihrem Innern lagern gigantische Batterien.«

»Batterien?«, frage ich.

»Ja, Batterien, die vier Reiter planen schon seit Jahrhunderten gewaltige Kriege. Diese Batterien entziehen schon seit ihrer

Herstellung Kernenergie aus dem Inneren der Erde. Mit dieser Energie beabsichtigen sie in nächster Zeit eine Maschine zu aktivieren, die es ermöglicht, Tote auf eine gewisse Art wieder lebendig zu machen.«

Da drängen sich mir unmittelbar weitere Fragen auf: »Einen Moment mal, Krieg? Tote, die lebendig werden? Und wer soll diesen Krieg überhaupt beginnen?«

Merlin holt tief Luft und setzt noch einmal neu an: »Wie bereits erwähnt, entziehen diese Batterien Energie aus dem Erdkern. Diese Kernenergie, die mehrere Maschinen auf dieser Welt mit Energie versorgen können. Und diese Maschinen wiederum können nur durch den Alpha-Schädel funktionieren. Das ist ein Kristallschädel, der besondere Kräfte hat, ähnlich wie mein Stein. Der Schädel kann mit Hilfe der aus den Pyramiden gewonnenen Energie Tote wieder zum Leben erwecken. Diese Toten werden aber nicht dieselben sein, die sie einmal waren, sondern willenlose, emotionslose und schmerzlose Soldaten, die das tun, was ihnen aufgetragen wird. Anders gesagt, es sind Zombies, lebende Tote. Jetzt fragst du dich sicher, wo all diese Toten für den bevorstehenden Krieg herkommen. Tja, sie sind weltweit verteilt, und zwar an folgenden Orten: unter dem Eiffelturm, unter dem Maccu Piccu in Peru, zudem im Hauptquartier selbst, der Area 51 in den USA. An all diesen Orten befinden sich gigantische unterirdische Hallen, die Tausende von toten Körpern beherbergen, die alle in Kapseln mit Flüssigkeit liegen. Diese Kapseln sind mit der erwähnten Maschine verbunden, die die Toten zum Leben erwecken wird. In den letzten Jahrhunderten wurden diese Toten gesammelt und an diese drei Orte gebracht. Sie stammen aus Kriegen, aus Gefangenenlagern oder waren Entführungsopfer. Deine Frage war noch, wer sie anführen wird. Und die Antwort darauf wird dir nicht gefallen. Wie ich bereits gesagt habe, sind die vier Reiter sehr intelligent und unserem technischen Wissen weit voraus. Sie haben eine Apparatur entwickelt, um Körper künstlich am Leben zu erhalten. Sie haben sich für eine ganz bestimmte Person entschieden, die sie am Leben erhält, weil sie wissen, dass dieser Mann auch heute noch genügend Anhänger auf der Welt finden wird. Ich rede von niemand Geringerem als Adolf Hitler.«

Mir fällt das Glas aus der Hand und es zerbricht am Boden. Ich werde kreidebleich, als ich diesen Namen höre.

Merlin berichtet weiter: »Ja, im Jahr 1945, als der Krieg für die Deutschen verloren war und sich Hitler in seinem Bunker versteckte, verhalf einer der vier ihm zur Flucht und sie setzten das Gerücht über seinen angeblichen Selbstmord in die Welt. Sie brachten ihn zunächst nach Südamerika, wo er untertauchen konnte, erst ein paar Jahre später kam er in die Area 51. Er wird vor die Kamera treten und einen Krieg einläuten, den die Welt noch nicht gesehen hat. Und das alles, um mich zu finden, besser gesagt, mein Wissen darüber, wo sich das Tor und die Schädel befinden, um ihren Herrn, den Teufel, wiederzuerwecken. Bestimmt hast du schon einmal von UFOs gehört. Die gibt es tatsächlich. Sie stammen aber nicht von Außerirdischen. Nein, sie wurden ebenfalls von den vier Reitern gebaut, besser gesagt durch ihr Wissen. Sie werden überall auf der Welt gesichtet und dies, weil sie mit diesen UFOs nach mir suchen. Ihre Technologie ist sehr weit fortgeschritten, auch die ihrer Waffen. Mit den vier Reitern zusammen arbeiten Nazi-Soldaten, die ihrem Führer die Treue geschworen haben. Es sind ebenfalls Tausende an der Zahl, auch sie sind auf der ganzen Welt verteilt und warten nur auf den dritten Weltkrieg, der kommen wird.«

Ich unterbreche ihn: »Einem Moment mal, für was haben Sie mich denn nun genau auserwählt, und warum gerade mich?«

Merlin trinkt sein Glas leer und antwortet: »Weil du der Letzte deiner Blutlinie bist. Du bist der Einzige, abgesehen von mir, der das Schwert beherrschen kann. Ich bin ein alter Mann und mein Gesicht ist für sie bekannt, deshalb würde ich auch gleich geschnappt werden, sobald man mich erkennt. Dein Gesicht kennt niemand. Mein Plan sieht folgendermaßen aus: Ich habe bereits elf der 13 Schädel hinter dem Tor versiegelt. Es fehlen also nur noch zwei. Einer, der Alpha-Schädel, ist in der Area 51, um die

Maschine zu aktivieren. Wenn du diesen aus der Maschine entfernst, sterben alle Zombies und der Krieg wird schnell beendet sein. Der zweite Schädel liegt in einem Safe im Weißen Haus versteckt, tief unter dem Büro des Präsidenten.«

Ich unterbreche ihn erneut: »Also noch einmal zum Mitschreiben. Ich soll in die wohl größte Militärsicherheitszone der Welt einbrechen, die von Nazis überwacht wird. Und danach soll ich in das wohl am besten gesicherte Gebäude der Welt, das Weiße Haus eindringen? Wie stellen Sie sich das vor?«

Merlin greift in seine Tasche und holt ein altes Mobiltelefon hervor, dazu ein Stück Papier mit einer Nummer drauf und sagt: »Mit diesem Telefon kontaktierst du jemanden, den ich in alles eingeweiht habe und dem ich vertraue. Du rufst dort an, triffst dich mit ihm und alles andere wird dir dann erklärt.«

Mir drängt sich da noch eine Frage auf: »Woher wissen Sie das mit dem Krieg und all dem anderen so genau?«

Er antwortet: »Ich habe es in diesem Spiegel hinter dem Tor gesehen. Er hat mir zwei Szenarien gezeigt, wie es enden könnte. Das eine sähe so aus, dass du die Schädel findest, sie hinter das Tor bringst und somit den Teufel für immer versiegelst und auch die vier Reiter vernichtest. Das andere Szenario kannst du dir ja vorstellen, es wird eine Apokalypse geben, wie sie in der Bibel beschrieben ist. Die Zukunft ist ungewiss, aber zu einem Krieg wird es kommen, das ist klar.«

Ich nehme das, was er gesagt hat, als vorstellbar an und akzeptiere, dass ich es probieren muss. Er holt noch etwas aus seiner Tasche. Es ist eine Karte mit einer Legende dazu. »Dies ist eine Karte, die den Weg zum Tor weist. Ich nenne das Tor ›Das Ende‹, weil dort in jeder Hinsicht alles enden wird.«

Ich studiere die Karte und stelle fest, dass sich das Ziel irgendwo an der Küste Floridas befindet. Merlin erklärt: »Wie du richtig gesehen hast, ist ›Das Ende‹ bei Miami, unterhalb des Bermudadreiecks. Dort findest du auch das weiße Felsplateau, von dem ich dir erzählt habe. Man kennt es aber unter einem anderen Namen, und zwar befand sich dort Atlantis, welches ich erbauen ließ. Atlantis war eine wunderschöne Stadt. Doch leider gab es vor vielen Jahrhunderten ein Erdbeben, das die ganze Stadt inklusive der Arche Noah untergehen ließ. Der Tunnel zum Tor wurde zum Glück nicht beschädigt. Wenn man in dem Raum mit dem Tor steht und oben durch die Wasserdecke schaut, kann man immer noch Teile von Atlantis, das Plateau und das Wrack der Arche Noah sehen.« Merlin wischt sich eine Träne aus dem Gesicht.

Ich verhalte mich ruhig, kann mir aber doch nicht verkneifen, eine letzte Frage zu stellen: »Wenn ich nun Ihren Plan ausführe, was machen Sie dann?«

Merlin fängt an zu lachen und sagt voller Überzeugung: »Ich werde mich dem Feind stellen und mich dann selbst mit einer Kugel richten, damit sie keine Informationen aus mir herausbekommen. Ich bin nun lange genug auf dieser Erde. Ich habe schon alles gesehen, ich bin bereit für den Tod.«

So hart das auch klingt, aber es erscheint mir alles, was er sagt, sinnvoll zu sein.

Merlin erhebt sich, legt mir die Kette mit dem Stein um den Hals und sagt: »Dies ist der Stein der Weisen, benutze ihn klug.«

Ich stehe auch auf und reiche ihm die Hand, worauf er sich mit den Worten verabschiedet: »Linus Wiggelstove, du weißt, was du zu tun hast, ich wünsche dir viel Glück!« Ohne mein »Dankeschön« abzuwarten, dreht er sich um und verlässt das Lokal.

Ich stehe also da mit einem Zauberstein um den Hals, einem Gitarrenkoffer mit einem legendären Schwert darin und einer Karte, in der das Tor zum Totenreich eingezeichnet ist. Wer hätte das gedacht! Ich werfe mir den Koffer über die Schulter und verlasse das Café.

Kontakt

Draußen angekommen, wähle ich die Nummer, die mir Merlin gegeben hat. Es klingelt tatsächlich und nach dem dritten Läuten nimmt bereits jemand ab. Es ist eine Frauenstimme. Sie sagt mir lediglich, dass ich ins Hotel Ramada ins Zimmer 1992 kommen soll. Dabei soll ich darauf achten, dass mir niemand folgt. Ich lege auf und denke mir, dass sie ziemlich unfreundlich rüberkam. Trotzdem folge ich der Aufforderung und mache mich auf zum genannten Hotel. Es befindet sich direkt um die Ecke. Mit dem Fahrstuhl fahre ich in den siebten Stock. Auf Anhieb finde ich das Zimmer und klopfe an. Eine blonde Frau, etwa in meinem Alter, macht mir die Tür auf. Ohne mich zu begrüßen, fragt sie mich: »Ist dir jemand gefolgt?«

»Nein«, antworte ich.

Das Zimmer ist relativ groß, mit zwei Betten darin. Ich trete ein. Am Boden liegen zwei geschlossene Koffer.

Die Dame ergreift sogleich das Wort: »Also, mein Name ist Alexandra Tube, aber nenn mich Alex. Du bist also der Auserwählte. In meiner Vorstellung warst du größer. Wie auch immer, wir haben nicht allzu viel Zeit. Wenn das stimmt, was der alte Mann erzählt hat, beginnt der Krieg übermorgen. Wir müssen uns also beeilen.«

Eine ziemlich direkte Frau, denke ich mir. Merlin hat mir wohl vergessen zu sagen, dass der Krieg bereits in zwei Tagen ausbrechen soll. Ich frage also, wie wir vorgehen werden und was meine Aufgabe dabei sein soll.

Kühl antwortet sie: »Das erzähl ich dir alles auf dem Weg nach Washington.«

»Washington?«

»Richtig gehört, wir fangen zuerst mit dem Einfachen an, erst dann gehen wir in die naziverseuchte Area 51«, antwortet sie.

Sie packt ihre zwei Koffer und wir gehen ins Parkhaus, wo ein großes Auto bereitsteht. Wir verstauen unser Gepäck im Kofferraum und setzen uns gleich hinein. Alex steuert das Auto, da sie sich hier offenbar auskennt. Der Weg führt uns auf den Highway und dann in Richtung Süden. Ich traue mich nochmals nachzufragen, wie denn genau unser Plan aussieht. Sie antwortet mir: »Unsere erste Aufgabe ist, den Schädel aus dem Haus des Präsidenten zu holen. Wir geben uns als Sicherheitsexperten aus, um die Sicherheit des Hauses zu kontrollieren. Ich habe bereits alles arrangiert und zwei gefälschte Ausweise anfertigen lassen.« Sie greift in ihre Tasche und holt die zwei Dokumente hervor. Auf meinem Ausweis steht neben einem Foto von mir »Thomas Bull« und auf ihrem »Anja Singer«.

»Woher hast du mein Foto?«, frage ich erstaunt.

»Ich habe für das FBI gearbeitet, Schwerpunkt Spionage, den Rest kannst du dir selbst zusammenreimen«, sagt sie lässig. »Wir gehen also mit dem Vorwand dort rein, dass wir in der Kiste technische Geräte hätten, um das Sicherheitssystem zu überprüfen. In Wahrheit schmuggeln wir aber das Schwert dort hinein.«

»Warum das Schwert? Was sollen wir denn dort mit dem Schwert anfangen?«, frage ich ein wenig verwirrt.

»Merlin hat gesagt, dass wir es brauchen werden, mehr hat er nicht gesagt. Und zur Absicherung wären da noch zwei Waffen in der Kiste.«

Wo bin ich da nur hineingeraten?, frage ich mich. Um meine Nerven zu schonen, beschließe ich, keine weiteren Fragen zu stellen und mich auf die Fahrt zu konzentrieren.

Abschied

Ein paar Stunden später geht Merlin in eines der hohen Bürogebäude der Stadt. Er nimmt den Fahrstuhl und fährt in eine der oberen Etagen, wo er auf einen großen Konferenzsaal zugeht, in dem gerade eine Rede gehalten wird. Er wirft einen Blick hinein und sieht eine Hand voll Männer, die, gekleidet in Nazi-Uniformen, in Kreisform zusammensitzt. Sie hören einem gutaussehenden Mann zu, der einen schwarzen Anzug trägt und etwas mittels eines Projektors an der Wand erklärt. Merlin weiß allem Anschein nach, um was es geht, und tritt in die Runde ein. Alle Augen sind auf ihn gerichtet und er ergreift sogleich das Wort.

»So, du bist also einer der vier Reiter«, wobei er seinen Blick auf den Mann im Anzug richtet. »Ihr habt mich jahrhundertelang gejagt, meinetwegen Kriege angezettelt und Menschen getötet, und nun stehe ich hier vor euch.«

Mit einem diabolischen Grinsen ergreift der Mann am Redepult das Wort: »Merlin, endlich treffen wir aufeinander, hast du das Katz-und-Maus-Spiel nun endlich satt und ergibst dich?«

Merlin fängt an zu lachen und antwortet überzeugt: »Nein, ich gebe nicht auf, ich leite nur den nächsten Schritt ein.«

Der Reiter befiehlt zwei der anwesenden Nazi-Schergen, Merlin zu überwältigen. Doch als diese sich erheben und sich auf ihn stürzen wollen, zieht Merlin eine Waffe aus seiner Hosentasche, worauf der Mann im Anzug die beiden Angreifer wieder zurückweist und das Wort ergreift.

»Was willst du nun damit anfangen? Du weißt genau, dass du mich damit nicht töten kannst. Also leg die Knarre weg!«

Merlin lächelt nur und sagt: »Diese Kugel ist weder für dich noch für irgendeinen von euch.« Er richtet die Waffe auf sein eigenes Herz und sagt siegesgewiss: »Ich werde gewinnen!«

»Nein!«, schreit darauf der Reiter. Doch Merlin zögert keine Sekunde, jagt sich eine Kugel mitten durchs Herz und bricht tot zusammen.

Unerwartete Probleme

Nach einigen Meilen auf dem Highway machen wir einen kurzen Stopp an einer Raststätte. Wir müssen auf die Toilette und wollen etwas zu essen kaufen. Es ist ungefähr vier Uhr morgens und ich bin ziemlich müde. Ich bin als Erster wieder beim Auto und warte auf Alex. Plötzlich sehe ich fünf Männer, die aus der Damentoilette kommen. Machtlos muss ich zuschauen, dass sie Alex gefangen haben. Sie wehrt sich verzweifelt. Zwei von ihnen halten sie fest und kleben ihr den Mund zu, damit sie nicht schreien kann. Es sieht ganz nach einer Entführung aus. In meiner Verzweiflung ergreife ich den Gitarrenkoffer und packe Excalibur aus. Mit erhobener Klinge steige ich aus dem Auto, gehe auf die Gangster los und schreie: »Lasst sie sofort los!«

Die Männer bemerken mich kurz und lachen mich aus, so nach dem Motto, was will denn der mit seinem Schwert. Einer meint: »Kommst du aus dem Mittelalter? Dort wurden solche Dinger verwendet.« Drei von ihnen erheben ihre Waffen und zielen auf mich. »So, was willst du jetzt tun, Kleiner?«

Da ich keine andere Möglichkeit sehe, gehe ich mit meinem Schwert auf das Pack zu. Einer von ihnen lädt seine Waffe und drückt ab. Mein letzter Gedanke ist: »Jetzt ist alles vorbei.« Doch wie durch ein Wunder bewegt sich das Schwert in meiner Hand und pariert den Schuss. Die Gangster sind genauso verblüfft wie ich. Dann schießen alle drei auf mich, doch das Schwert wehrt alle Kugeln ab. Ich komme ihnen immer näher und ohne dass ich es will, hacke ich dem einen beide Arme ab und ramme das Schwert danach in die Wänste der beiden anderen. Die zwei, die Alex festhalten, lassen diese sofort los und rennen so schnell sie können weg. Derjenige, dem ich die Arme abgehackt habe, schreit immer noch vor Schmerzen. Ich bin einfach nur schockiert darüber, was ich gerade getan habe.

Alex kommt auf mich zugelaufen und sagt: »Gut gemacht, Linus. Und jetzt schnell los, bevor uns die Polizei erwischt.« Sie nimmt mich am Arm und bringt mich zurück zum Auto. Das Schwert lege ich wieder auf den Rücksitz.

Ich habe zwei Menschen getötet und einen schwer verletzt, wie konnte ich das nur tun, ringe ich innerlich mit mir. Als würde Alex verstehen, was ich denke, sagt sie zu mir: »Mach dir keinen Kopf wegen denen, du musstest eine Entscheidung fällen, entweder sie oder du. Und du hast dich richtig entschieden.« Ich kann mich aber nur schwer von den Ereignissen erholen und spreche die ganze Reise bis nach Washington kein Wort.

Undercover

Nach einer zwölfstündigen Fahrt kommen wir endlich in Washington an. Alex hat bereits alles im Voraus geplant. Wir checken in ein Hotel in der Nähe des Weißen Hauses ein.

Das Zimmer ist recht klein, aber das spielt für uns keine große Rolle, da wir nicht lange hier verweilen werden. Alex schaut zu mir rüber und sagt mit einer ein wenig emotionalen Stimme: »Der alte Mann ist nun bestimmt tot, wenn sein Plan aufgegangen ist.« Ein wenig bedrückt nicke ich.

Alex verliert keine Zeit und öffnet einen ihrer Koffer. Darin befinden sich zwei Anzüge mit gefälschten Namensschildern. Ohne groß nachzufragen, schlüpfen wir in die noblen Kleider. Mein Anzug passt wie angegossen. Die FBI-Agentin hat bei ihrer Recherche über mich anscheinend ganze Arbeit geleistet. Umgezogen gehen wir zurück zum Auto und fahren zum Weißen Haus und parkieren in der Nähe des Eingangs. Alex öffnet den Kofferraum, in dem sich die Kiste befindet, von der sie gesprochen hat. Wir finden darin zwei Apparate und zwei Waffen. Alex legt auch gleich das Schwert dazu und schließt die Kiste wieder. Sie mustert mich, tritt etwas näher zu mir heran und sagt: »Also, mach genau das, was ich dir sage, und versuche, nicht aufzufallen. Ich habe so etwas Ähnliches schon öfter gemacht und werde dir dann schon sagen, was du zu tun hast.« Noch etwas eingeschüchtert, nicke ich zustimmend. Da die Kiste relativ groß ist, müssen wir sie zu zweit tragen. Auf dem Weg zum Weißen Haus ernten wir komische Blicke von Passanten. Wer trägt in dieser Gegend schon eine Kiste im Anzug über die Straße?

Als wir endlich vor dem Tor des Weißen Hauses ankommen, werden wir sogleich von zwei Sicherheitsleuten empfangen. Wir zeigen den beiden Männern unsere Ausweise und erklären ihnen, dass wir einen Termin haben, um die Sicherheitsanlagen zu kontrollieren. Einer der beiden überprüft unsere Angaben im System. Nach einigen Augenblicken sagt er: »Folgen Sie mir bitte.« Ich bin überrascht, dass das so einfach geht. Wir laufen um das Gebäude herum zu einem kleinen versteckten Seiteneingang, den der Mann öffnet. Vor uns liegt eine lange Treppe, die tief unter das Gebäude führt. Dann, nachdem wir einen unendlich langen Gang durchquert haben, stehen wir vor zwei geschlossenen Türen. Der Mann dreht sich zu uns und fragt: »Für welche Sicherheitsanlage sind Sie hier?« Alex antwortet nicht darauf, sondern zieht ihre Armbanduhr ab. Auf der Unterseite ihres Handgelenks ist ein Tattoo zu sehen. Es ist ein Hakenkreuz. Mein Herz beginnt zu klopfen und mir ist gar nicht mehr wohl zumute. Was soll das? Ist sie nun auf der Seite des Feindes oder was geht hier vor sich? Zu meinem Erstaunen nickt der Wachmann, er öffnet die rechte Tür und sagt: »Heil Hitler!« Er lässt uns eintreten und schließt die Türe wieder. Nun sind wir allein in diesem Gang. Sogleich frage ich Alex: »Was soll die Sache mit dem Hakenkreuz? Ich dachte, du bist auf der richtigen Seite?«

Alex schmunzelt und sagt: »Keine Angst, Linus, das ist alles Teil des Plans. Ich weiß, dass es zwei Sicherheitssysteme gibt. Eines gilt wirklich dem Weißen Haus, das andere ist da, um den Schädel zu schützen. Das Kreuz habe ich mir nur stechen lassen, damit es auch wirklich glaubhaft wirkt. Ich weiß nicht, wie es bei dir ist, aber mir liegt das Wohl der Menschheit sehr am Herzen.«

Einerseits bin ich beeindruckt, andererseits ein wenig schockiert. Wir laufen nochmals einen langen Gang entlang, bis wir zu einer weiteren Tür kommen. Dort sitzt noch ein Mann in Naziuniform. Er erhebt sich und fragt, was wir hier tun. Alex erklärt ihm alles und der Wachmann öffnet uns die Tür. Wir stehen in einem großen, hell erleuchten Raum. In allen Ecken sind Überwachungskameras eingebaut. In diesem Raum befindet sich ein etwas kleinerer Raum mit einer Glaswand und einer Metalltür. Darin steht ein kleines Podest, auf dem der Kristallschädel liegt. Wie kommen wir da nur heran, ohne von den Kameras erwischt zu werden?, frage ich mich. Wir stellen die Kiste auf dem Boden ab und Alex holt daraus ein Gerät hervor. Wie sie mir befohlen hat, mache ich nichts ohne ihre Einwilligung und schaue nur zu. Sie nimmt auch noch ein Kabel heraus, mit dem sie das ominöse Gerät an eine Steckdose anschließt. Einige Minuten tippt sie darauf herum und auf einmal sagt sie: »Also, ich habe die Kameras für fünf Minuten lahmgelegt. Linus, öffne die Tür mit Excalibur!«

Ich nehme das Schwert aus der Kiste, gehe auf die Türe zu und überlege, dass es wohl einen heftigen Lärm geben wird, wenn ich mit dem Schwert die Tür zertrümmere. Der Wachmann dort draußen wird es bestimmt wahrnehmen. Doch dann geschieht etwas Seltsames. Als ich mich mit der Klinge der Tür nähere, fängt das Schwert an zu schrumpfen und seine Form verändert sich. Sogar Alex ist verwundert. Nach wenigen Sekunden hat sich das legendäre Schwert in einen Schlüssel verwandelt. Ich stehe ziemlich verwirrt da, aber ich probiere den Schlüssel sogleich aus. Und tatsächlich, die Tür geht auf. Alex folgt mir und wir holen uns den Schädel. Hektisch verstauen wir ihn in der Kiste, dazu auch den Apparat, der die Kameras eine Weile ausgeschaltet hatte. Aber was ist mit Excalibur? Bevor ich den Gedanken beenden kann, verwandelt sich der Schlüssel wieder in das Schwert. Da wir keine Zeit zu verlieren haben, denke ich nicht lange darüber nach und lege es ebenfalls in die Kiste zurück. Schnellen Schrittes gehen wir zur Tür, wo der Wachmann steht. Er fragt uns, ob alles in Ordnung sei. Alex bejaht seine Frage und fügt noch hinzu: »Entschuldigen Sie, aber wir haben noch andere Geschäfte zu erledigen, Heil Hitler!« Der Mann salutiert und lässt uns gehen. Als wir uns umdrehen, um das Haus zu verlassen, hören wir etwas uns entgegenkommen. Es ist das fröhliche Pfeifen eines Vogels, der sich anscheinend verirrt hat, aber Alex sagt nur: »Oh nein, das ist nicht gut.«

Plötzlich sehen wir einige Meter vor uns einen riesigen Mann. Er ist mindestens zwei Meter groß und sehr muskulös. Er ist in eine Naziuniform gekleidet und offenbar ist er derjenige, der wie ein Vogel gepfiffen hat. Als er nur noch wenige Schritte von uns entfernt ist, sehe ich ihn besser. Im Gesicht und an den Armen hat er Narben und über seinem rechten Auge ist ein großes Ha-

kenkreuz eintätowiert. Dieser Mann ist einfach nur furchteinflößend. Er befiehlt uns auch sogleich anzuhalten und fragt, wer
wir sind. Ich habe richtig Angst und ich sehe, dass auch Alex sich
fürchtet. Sie versucht aber sich nichts anmerken zu lassen und
antwortet: »Wir haben hier nur das Sicherheitssystem gecheckt
und der Wachmann dort hinten hat uns passieren lassen.«

Der große Mann wirkt verärgert und sagt: »So, so, hier sind
also Leute hereingekommen ohne meine Erlaubnis!« Er schaut
nicht uns an, sondern den Wachmann, der zuhört.

»I-ich dachte, dass Sie informiert sind, Sir«, stammelt der
Mann.

Der zornige Muskelprotz schreitet an uns vorbei, geht geradeaus auf den verängstigten Wachmann los und sagt: »Was glaubst
du eigentlich, wer ich bin, du Nichtsnutz?!« Ohne eine Antwort
von ihm abzuwarten, greift er in seine Rückentasche und holt
eine Machete heraus.

»Nein, bitte tun Sie das nicht!«, schreit der arme Mann.

Doch der Riese hat kein Erbarmen. Er holt einmal kräftig aus
und schlägt ihm die Machete durch den Kopf bis zum Bauch
und spaltet ihn regelrecht. Es spritzt sehr viel Blut und mir wird
übel bei dem Anblick. Auch Alex wirkt nicht mehr so cool wie
sonst. Der Mann dreht sich wieder zu uns und sagt, als sei nichts
geschehen: »Gutes Personal findet man heute selten. Ihr wartet
hier und rührt euch nicht von der Stelle, bis ich die Bestätigung
für euren Besuch habe.«

Doch wir haben keine Zeit zu verlieren. In wenigen Sekunden
werden die Kameras wieder angehen. Der Mann öffnet die rechte
Tür, während er eine Nummer in sein Telefon eintippt. Als er in
den Vorraum eintritt, wo der Schädel sein sollte, reagiert Alex
schnell. Sie legt den Koffer vorsichtig ab und schleicht auf die
Leiche des Wachmanns zu. Mit einem schnellen Griff nimmt sie
den Schlüssel für die Tür an sich und schließt sie so schnell wie
möglich wieder ab. Jetzt muss alles sehr schnell gehen.

Der furchteinflößende Mann hat dies natürlich bemerkt und
versucht wie wild die Tür einzutreten. Alex rennt zu mir, wir

greifen nach der Kiste und rennen los. Bei der letzten Tür angekommen, hören wir, wie er hinter uns das Schloss aufbricht. Panisch vor Angst, öffnen wir die Tür. Zu unserem Unglück wartet dahinter immer noch der Mann, der sie uns zuvor geöffnet hat. Alex schlägt ihn ohne Vorwarnung mit einem Schlag k. o.

Wir schaffen es zu entkommen und stehen wieder außerhalb des Gebäudes. Jetzt müssen wir uns langsam bewegen, damit wir nicht auffallen. Möglichst zügig laufen wir zum Haupteingang, wo uns zum Glück keiner der Wachen aufhält. Auch den Weg zum Hotel schaffen wir problemlos. Wir teilen uns die Arbeit sogleich auf. Ich verstaue die Kiste im Auto, während Alex die Koffer aus dem Zimmer holt. Alles geht reibungslos und kurze Zeit später sitzen wir im Auto und fahren los.

Wir sind beide recht aufgewühlt und erholen uns nur langsam, als wir wieder sicher auf dem Highway sind. Ich getraue mich, Alex zu fragen: »Kanntest du diesen Typen?«

Alex antwortet: »Ja, ich kenne ihn. Als ich mich über dieses Sicherheitssystem schlaugemacht habe, bekam ich Informationen über gewisse Leute in diesen Kreisen. Und dieser Typ ist der allerschlimmste. Sein Name ist Jack Hell, er wird auch Angry Bird genannt, wegen seines Pfeifens. Er ist die rechte Hand der vier Reiter. Er hat keine Gefühle und ist extrem aggressiv. Er beherrscht drei verschiedene Kampfkunstarten, was ihn im Nahkampf fast unbesiegbar macht. Er erfüllt jeden Auftrag, der ihm gegeben wird, und gibt nicht eher auf, bis er ihn abgeschlossen hat. Deshalb befürchte ich, dass er derjenige sein wird, der uns nun verfolgt, besser gesagt, er wird es versuchen. Aber keine Angst, ich wüsste nicht, wie er uns finden sollte.«

Diese Aussage beruhigt mich ein bisschen. Alex erklärt mir nun auch das weitere Vorgehen. Wir werden nach Kansas fahren. Damit wir schneller vorankommen, werden wir von dort aus ein Privatflugzeug nehmen.

Erwachen

In einem Büro in der Area 51 läutet ein Telefon. Einer der vier Reiter nimmt den Hörer ab. Die Stimme am anderen Ende sagt: »Sir, der Schädel wurde gestohlen. Aber machen Sie sich keine Sorgen, ich werde die Diebe finden.« Es ist Angry Bird. Der Reiter legt den Hörer auf, ohne etwas zu sagen, und fährt mit dem Fahrstuhl ins zehnte Untergeschoss, wo ihn schon zwei andere Reiter erwarten. Sie begeben sich zu einer Maschine, in der sich der Alpha-Schädel befindet. Einer der Reiter betätigt einen Schalter und die Apparatur beginnt zu laufen.

Am anderen Ende der Welt, in Ägypten, werden die Batterien, welche mit der Area 51 in Verbindung stehen, aktiviert. Die Übertragung der Energie beginnt. Die Maschine leitet sie weiter in die Kapseln mit den Leichen. Dieser Prozess läuft genauso unter dem Eiffelturm und dem Maccu Piccu in Peru ab. Den Kapseln wird Flüssigkeit entnommen und eine grüne Energie wird in sie hineingeleitet. Es dauert nicht lange und die Kapseln werden geöffnet. Die Nazi-Zombies erwachen, gemeinsam erheben sie sich und stehen in Reih und Glied da. Nach einer Weile ertönt die Stimme eines der vier Reiter durch die Hallen der Area 51: »Ihr gehorcht jetzt alle nur noch uns. Ihr werdet diejenigen sein, die den Krieg gegen die Menschheit führen werden. Also holt euch eure Waffen und macht euch kampfbereit!« Ohne zu zögern beginnen die willenlosen Geschöpfe ihre Kampfanzüge anzuziehen, welche für sie bereitgelegt wurden.

Der Krieg beginnt

Nach einer langen Fahrt haben wir einen großen Teil des Weges hinter uns gebracht. Wir sind am Ende unserer Kräfte und es wird auch schon dunkel, deshalb halten wir Ausschau nach einer Unterkunft. Nachdem wir uns an einer Tankstelle etwas zu essen geholt haben, finden wir ein Motel, das nur mit einem Bett, einem kleinen Sofa und einem alten Röhrenfernseher ausgestattet ist. Wir einigen uns, dass wir noch ein wenig fernsehen, bevor wir schlafen gehen. Auf einem Kanal läuft der Film »Hangover«. Doch nach ein paar Minuten beginnt das Bild zu rauschen und der Sender wechselt plötzlich. Uns gefriert das Blut in den Adern, als wir sehen, was da gerade läuft: Man sieht vor einem schwarzen Hintergrund ein Rednerpult, an dem Adolf Hitler steht. Er sieht gealtert aus. Am Hals ist er verdrahtet. Wahrscheinlich ist das ein Teil der Apparatur, die ihn so lange am Leben erhalten hat. Zuerst steht er einfach nur da und schaut mit ernstem Blick in die Kamera. Nach ungefähr einer Minute fängt er an zu reden: »Mein Name ist Adolf Hitler. Ich richte mich an die gesamte Menschheit. Ich bin immer noch am Leben. Ihr dachtet, dass es einfach wäre, mich zu töten, da habt ihr euch aber geirrt. Ich mag den Krieg vor siebzig Jahren verloren haben, aber dieses Mal werde ich gewinnen. Ich appelliere an all diejenigen, die mir bis heute treu geblieben sind: Erhebt eure Waffen gegen die, die gegen uns sind! Reißt alle Regierungshäuser nieder! Brennt die Parlamentsgebäude ab und zerstört die Armee! Was ich zuletzt noch sagen will, ist Folgendes: Lasst den größten Krieg, den die Welt je gesehen hat, beginnen!« Nach dieser kurzen Einspielung wird der Fernseher schwarz. Wir schauen uns geschockt an. Wir wissen zwar, dass es Krieg geben wird, aber dieses Wissen ist erst jetzt richtig in uns »hineingefahren«. Doch da die ganze Menschheit glaubt, dass Hitler tot ist, wird das wohl keiner ernst nehmen und für einen schlechten Scherz halten.

Aus der Area 51, aus dem Pariser Untergrund und aus dem Maccu Piccu in Peru strömen Abertausende von Zombie-Soldaten. Sie verlassen ihre unterirdischen Kammern mit modernen Waffen ausgerüstet, darunter Panzer und andere Kriegsmaschinen, welche die vier Reiter für sie entwickelt haben. Von der Area 51 schwärmen neueste Flugzeuge und sogenannte UFOs aus, die mit Atombomben beladen sind. Wahllos metzeln die Zombies Menschen nieder. In Paris wird der gesamte Place d'Italie von unten aus geöffnet. Unter ihm verbirgt sich ein Flugplatz, von dem aus ebenfalls UFOs starten, um die Menschheit anzugreifen. Die Flugmaschinen bomben ganze Städte nieder, militärische Einrichtungen werden eingenommen und weltweit sind die Streitmächte überfordert und machtlos. Auf der ganzen Welt scharen sich Hitler-Anhänger zusammen und stellen sich, wie von ihrem Führer befohlen, gegen den Rest der Menschheit. Es sind Bilder wie aus der Hölle. Überall tobt die Zerstörung. Weltweit geht der Tod um.

»Ich hätte nicht gedacht, dass es so schnell gehen würde«, sage ich zu Alex, die mir bestätigend zunickt. Der Fernseher geht wieder an und die Medien zeigen Bilder der Zerstörung aus der ganzen Welt. Es sieht aus, als würde die ganze Welt brennen. Wir beschließen, das Motel zu verlassen und uns auf den Weg zu machen, und ziehen uns wieder an. Doch bevor wir die Türe öffnen, signalisiert mir Alex, leise zu sein. Offenbar hat sie etwas bemerkt. Ich spitze die Ohren, um zu hören, was sie so unsicher macht, und werde kreidebleich. Es ist das Zwitschern eines Vogels. Das kann nur Angry Bird sein. »Wie hat er uns gefunden?«, fragen wir uns. Alex schaut durch das Schlüsselloch, um zu erkennen, was er vorhat. Er bewegt sich zur Rezeption, wahrscheinlich um nach uns zu fragen. Alex geht zum Fenster auf der anderen Seite und öffnet es. Wir schleichen uns aus dem Zimmer, gehen um das Motel herum und verstecken uns hinter einem Gebüsch, von wo aus wir sehen, dass Jack Hell vor unserem Motelzimmer steht. Unser Auto ist zwar nur wenige Meter entfernt, aber er würde uns sicher sehen, wenn wir versuchen würden, es zu erreichen. Wir sehen, dass er vor unserer Zimmertüre steht. Ohne anzuklopfen schießt er mit einer Kanone das Schloss weg und stürmt das Zimmer. Das ist unsere Gelegenheit. Wir rennen zu unserem Auto und starten es sogleich. Doch kaum haben wir den Wagen gewendet, feuert Jack Hell Schüsse auf unser Auto ab. Wir ducken uns, während Alex den Wagen geradeaus durch eine Hecke fährt und dann den Weg zurück auf den Highway findet. Ich drehe mich um und sehe, wie unser Verfolger in ein gepanzertes Militärfahrzeug steigt und sofort die Verfolgung aufnimmt.

Wir fahren so schnell, wie es das Auto hergibt, aber Jack Hells Fahrzeug kommt uns bedenklich nahe. Wir brauchen dringend einen Plan, um ihn abzuhängen. Plötzlich werden wir von hinten beschossen. Im Rückspiegel sehe ich, dass er sich aus dem Fenster lehnt und weiter auf uns feuert. Alex sagt zu mir: »Ich habe eine Idee. Nimm das Schwert aus der Kiste. Dann lasse ich ihn auf unsere Höhe heranfahren und du versuchst seine Reifen zu zerstechen.«

Ich glaube zwar, dass sie mich mit einem Stuntman verwechselt, aber ich werde mein Bestes geben, denn eine andere Möglichkeit haben wir nicht. Ich bewaffne mich also mit dem Schwert, während Alex das Tempo verlangsamt und Angry Bird herankommen lässt. Ich lehne mich mit Excalibur aus dem Fenster und konzentriere mich auf den Stich. Aber Jack erkennt unser Vorhaben und schießt auf mich. Doch wie zuvor an der Raststätte pariert das Schwert die Kugeln. Der Schütze ist jetzt sichtlich verwirrt und drückt noch etliche weitere Male ab. Ich kann zwar alles abwehren, aber so ist es mir nicht möglich, zum Angriff überzugehen.

»Halt dich fest!«, schreit Alex und rammt Jacks Fahrzeug mit voller Wucht. Als dieser sein Steuer ergreifen muss, ist meine Chance gekommen. Ich hole noch einmal aus und ziele auf den hinteren Reifen. Doch statt des Reifens zerschneidet das Schwert den harten hinteren Teil des Wagens. Auch gut, denke ich. Er verliert die Kontrolle über seinen Wagen und knallt in eine Leitplanke.

»Gut gemacht«, lobt mich Alex. Fürs Erste sind wir in Sicherheit.

Auf der Gegenfahrbahn gibt es jetzt weitaus mehr Verkehr, denn aus dieser Richtung fliehen die Menschen vor dem Krieg. Alex meint, es seien noch ungefähr zwei Stunden Fahrzeit, bis wir am besagten Flugplatz sein werden. Ich nutze die Gelegenheit und schlafe ein wenig.

Der Flug

Als ich wieder aufwache, fahren wir gerade auf das Gelände eines Privatflugplatzes. In der Parkzone befindet sich kein einziges Auto, keine Menschenseele ist zu sehen. Alex stellt das Auto ab und wir laden das Gepäck aus. Sie geht voraus und wir laufen zu einem kleinen Flugzeug, das ganz alleine hinter einem Zaun steht. Alex kramt den Schlüssel aus ihrer Tasche und öffnet die Eingangstür. Ich frage sie neugierig: »Wem gehört dieses Anwesen?«

Sie lächelt und antwortet: »Das ist eines der vielen Anwesen von Merlin. Ob du es glaubst oder nicht, aber er war ein sehr reicher Mann.«

»Beeindruckend«, finde ich.

Wir verlieren keine Zeit und verstauen unser Gepäck im Flugzeug. Offensichtlich kann Alex auch Flugzeuge fliegen, denn sie steigt ins Cockpit und bereitet alles für den Start vor. Ich setze mich ebenfalls hin und schnalle mich an. Beim Hinausschauen sehe ich ein grünes Auto, das auf den Parkplatz fährt.

»Erwartest du Besuch?«, frage ich Alex und zeige auf das herannahende Fahrzeug. Bevor sie antworten kann, erkennen wir beide mit Entsetzen, dass Angry Bird aus dem Auto steigt.

»Jetzt muss alles sehr schnell gehen«, sagt Alex.

Da ich nichts tun kann, beobachte ich weiter, was unser Verfolger macht. Das Flugzeug ist startklar, doch Angry Bird steht bereits vor der verschlossenen Tür. Er holt seine Machete hinter seinem Rücken hervor und zerschlägt das Schloss. Die Motoren laufen und wir rollen langsam auf die Fahrbahn. Er schießt jetzt auf uns. Die Distanz ist aber zum Glück zu groß und es passiert uns nichts. Das Flugzeug gewinnt schnell an Geschwindigkeit und wir können gerade noch rechtzeitig abheben. Das war mal wieder sehr knapp.

Unser Ziel ist der im Moment gefährlichste Ort auf der Welt. Wir fliegen direkt in den Krieg hinein. Ich hoffe, dass Alex weiß, was sie tut. Sie erklärt mir, dass wir versuchen werden, außerhalb der Area 51 zu landen. Dort ist die Wüste, wo wir vielleicht sicher sind. Wir können nur hoffen, dass alles gut geht.

Nach ein paar Stunden Flug bemerken wir etwas im Luftraum vor uns. Wir erkennen einen Kampfjet, auf dessen Flügeln Hakenkreuze gemalt sind. Das kann nichts Gutes bedeuten. Er kreuzt unseren Weg und kehrt danach sogleich um. Er ist natürlich um einiges schneller als wir und beginnt sofort auf uns zu schießen. Alex versucht es noch mit einem Wendemanöver, aber es ist bereits zu spät. Der Kampfjet trifft unseren linken Flügel. Wir geraten heftig ins Trudeln. Alex schnallt sich ab und sagt zu mir: »Na, dann kommt nun Plan B.« Auf dem Rücksitz liegen ein paar Fallschirme. Sie wirft mir einen davon zu und wir legen sie an. Zum Glück bin ich schon einmal mit einem Fallschirm abgesprungen, deshalb weiß ich, was jetzt auf mich zukommt. Sie öffnet die Tür und steckt die beiden Waffen und den Behälter mit dem Schädel in einen Rucksack, welchen sie sich um den Bauch schnallt. Der Jet greift uns erneut an. Unser Flugzeug ist jetzt unkontrollierbar. Alex reißt mich am Arm und wir springen beide aus dem brennenden Flugzeug, das ein paar Sekunden später explodiert. So lange wie möglich bleiben wir im freien Fall, bevor wir den Schirm öffnen. Da es ziemlich bewölkt ist, haben wir keine gute Sicht. Plötzlich, wie aus dem Nichts, hören wir unseren Verfolger wieder herankommen. Er ist vor uns und hat uns nun direkt im Visier. Ich halte ihm mein Schwert entgegen. Er feuert erneut, doch ich kann das Geschoss parieren. Bei einem erneuten Angriff versucht er in uns hineinzufliegen. Mit meinem Schwert zerschneide ich förmlich die Luft und halbiere dabei den Kampfjet, so dass die zwei Teile des Flugzeuges rechts und links an uns vorbeifliegen. Vorerst sind wir in Sicherheit, wir befinden uns aber immer noch in der Luft.

Als wir aus aus dem Wolkenmeer herauskommen, öffnen wir unsere Schirme. Wir erkennen unter uns eine Stadt in der Wüste mit vielen Hochhäusern. Das muss Las Vegas sein. Auch hier ist Krieg und alles brennt lichterloh. Es ist ein furchtbarer Anblick.

Viele Autos verlassen die Stadt. Etwas außerhalb von Las Vegas landen wir dann endlich.

Ab jetzt müssen wir zu Fuß gehen. Wir orientieren uns am Highway und laufen diesen entlang. Es wird langsam dunkel. Je näher wir der Stadt kommen, desto lauter wird der Kriegslärm. Auf einmal kommt von hinten ein Auto auf uns zu. Ich halte das Schwert schon zum Angriff bereit, doch es hält vor uns an. Ein Mann steigt aus und fragt uns: »Hey, ihr da, ihr wollt aber nicht wirklich in die Stadt?«

Alex antwortet: »Doch, und wie es aussieht, du auch, also kannst du uns ja gleich mitnehmen.«

Der Mann fragt: »Was wollt ihr denn in dieser Stadt und was soll das mit dem Schwert?«

Alex erklärt es ihm: »Wir versuchen bis zur Area 51 durchzukommen, um den Krieg zu beenden. Was es mit dem Schwert auf sich hat, erkläre ich dir später. Das würdest du eh nicht glauben. Was willst du eigentlich in Las Vegas?«

Er meint lächelnd: »Ah, zwei Verrückte also. Ja, mir kann es recht sein. Soll doch jeder sterben, wie er will. Ich muss in die Stadt, weil ich meine Frau dort rausholen will.«

Nach dem kleinen Wortaustausch steigen wir in das Auto und fahren los. »Wie heißen Sie eigentlich?«, fragte ich den Fahrer vom Rücksitz aus.

»Mein Name ist Benjamin«, antwortete er. An unseren Namen ist er überhaupt nicht interessiert. Er ist wohl mit wichtigeren Dingen beschäftigt.

Im Gefecht

Als wir nur noch wenige hundert Meter von der Stadt entfernt sind, hören wir die ersten Schüsse. Wir haben aber Glück und keiner bemerkt uns, als wir durch die Straßen fahren. Dort herrscht ein einziges Chaos. Überall stehen aufgegebene Fahrzeuge herum und Menschen rennen um ihr Leben. Dazwischen erkennen wir Soldaten der US-Armee, die auf die herannahende Zombiemasse schießen. Wir können nicht weiterfahren, denn nur wenige Meter vor uns toben heftige Kämpfe.

Plötzlich, wie vom Blitz getroffen, öffnet Benjamin die Tür und rennt hinaus, und zwar direkt ins Chaos, wo die Zombies und die US-Armee wild aufeinander losgehen. Mittendrin erkennen wir eine Frau, die jetzt auf uns zurennt. Benjamin sprintet zu ihr hin, offenbar ist das seine Frau. Als sie nur noch wenige Schritte voneinander entfernt sind, sackt sie zusammen. Hinter ihr steht ein Zombie, der sie brutal niedergeschossen hat. Benjamin fängt sie gerade noch auf, bevor sie am Boden aufschlägt. Ohne mich zu informieren, verlässt auch Alex das Auto und rennt den beiden entgegen. Mit ihrer Knarre erschießt sie den Zombie, der gerade auf Benjamin zielt. Auch ich verlasse das Fahrzeug und laufe zu ihnen. Es ist eine schlimme Szene. Die Frau zeigt kein Lebenszeichen mehr und ihr Mann hält sie weinend in den Armen fest.

Doch es muss weitergehen, wir haben keine Zeit für Trauer, außerdem kommen jetzt ein Dutzend Zombies auf uns zu. Um Benjamin zu retten, zerren wir ihn von seiner toten Frau weg und nehmen ihn mit in das nächste sichere Gebäude. Dort angekommen, verschließen wir hinter uns die Türen mit allen möglichen Gegenständen. Benjamin ist vollkommen verzweifelt und weint bitterlich. Ich versuche ihn zu trösten. Doch Alex fordert uns ziemlich rücksichtslos auf, ihr zu folgen. Wenn wir das überleben wollten, müssten wir uns beeilen. Wir gehorchen und folgen ihr. Offenbar hat sie einen Plan.

Wir gehen zu einer Kellertür. Sie erklärt uns, dass wir nur

eine Chance hätten, wenn wir die Stadt durch die Kanalisation verlassen. Die Tür ist zwar verschlossen, aber mit Hilfe unseres Schwertes würden wir auch das schaffen. Ich bitte die beiden, zur Seite zu gehen. Mit einem Schnitt durchtrenne ich beide Scharniere und der Weg in die Unterwelt ist offen. Als wir die Treppe hinuntergehen, hören wir ein Klatschen hinter uns. Ein Mann in einem Anzug tritt aus dem Schatten hervor und klatscht in die Hände. Er hat ein höllisches Grinsen im Gesicht und stoppt uns mit den Worten: »So, so, gibt es also doch noch einen Erben in der Blutlinie, der das Schwert führen kann. Ich ahnte es, dass Merlin noch jemand gefunden hat, der sein Werk zu Ende bringen soll. Aber ich befürchte, dass eure Reise hier zu Ende ist.«

Ich frage ihn: »Du bist also einer dieser vier Reiter der Apokalypse. Einer, der für viele Kriege in der Geschichte verantwortlich ist!«

Er antwortet: »Da hast du recht, mein Junge.« Völlig aufgebracht und wütend bohre ich ihm ohne ein Wort zu sagen das Schwert durch die Brust.

»Dummer Junge, hat dir Merlin nicht gesagt, dass der Tod bei uns nicht funktioniert? Wir können weder sterben, noch jemanden direkt töten«, sagt er überheblich.

Das Schwert hat ihn zwar durchbohrt, aber es hinterließ keinen physischen Schaden an seinem Körper. Nur sein Anzug ist zerrissen. Das ist also reine Zeitverschwendung. Wir gehen an ihm vorbei und er schreit uns hinterher: »Wir werden euch finden und dann werdet ihr euch lieber den Tod wünschen!«

Wir rennen die Kellertreppe hinunter. Als wir unten angekommen sind, suchen wir einen Abflussdeckel. Als wir nach langer Suche unter einem alten Spielautomaten einen finden, öffnen wir ihn und einer nach dem anderen steigt hinab in die stinkige Unterwelt. Alex erklärt uns, dass wir nur bis zum nächsten Gebäude durch diese Röhre gehen müssten, dann würden wir uns wieder oben weiter durchkämpfen. Denn jetzt wüssten sie, dass wir hier unten sind, und es würde hier unten bald nur so von Feinden wimmeln. Wir müssen uns beeilen.

Es dauert nicht lange und wir erreichen die nächste Leiter. Wir klettern hinauf, öffnen den Deckel und finden uns in einem dunklen Keller wieder. Alex beleuchtet uns den Weg mit ihrer Taschenlampe, so dass wir etwas sehen können. Wir kommen zu einer Treppe, auch dort gibt es wieder eine Türe. Je näher wir dieser kommen, desto deutlicher hören wir, dass oben geschossen und gekämpft wird. Ich halte mein Schwert bereit. Alex gibt Benjamin ihre zweite Kanone und dann öffnen wir die Tür. Wir befinden uns in einem der unzähligen Casinos. Hier wird aber gerade nicht gezockt, sondern geschossen. Überall rennen Menschen wild durcheinander, verfolgt von Zombies. Wir schießen uns bis zu einem Eingang den Weg frei. Draußen angekommen, sieht es noch viel schlimmer aus als drinnen. Unendlich viele bewaffnete Zombies kämpfen auf der Straße. Wir müssen einsehen, dass wir hier nicht durchkommen werden. Einige der Untoten sehen uns. Wir kehren um und verschanzen uns im Casino. Doch es dauert nicht lange und wir sind von ihnen umzingelt.

In dem ganzen Chaos haben wir Benjamin verloren. Plötzlich stehen die Zombies still. Mit einigen Metern Abstand richten sie ihre Waffen auf uns. Es ist beängstigend ruhig. Nur ein Ton lässt uns das Blut in unseren Adern gefrieren. Es ist wieder dieses Vogelpfeifen und wir wissen genau, wer das ist. Einige Zombies lassen ihre Waffen sinken und machen einen Durchgang frei. Flankiert von den Zombies, schreitet Angry Bird auf uns zu. Er ist aber nicht allein, er hält mit einer Hand unseren Benjamin am Nacken fest. Mit angsteinflößender Stimme sagt er: »Gebt mir eure Waffen oder ich breche dem Jungen hier sein ganzes Skelett.« Er stellt Benjamin vor sich hin und hält ihn an den Schultern fest.

Ich und Alex schauen uns an. Wie sollen wir uns entscheiden? Ich sehe ein, dass es hier kein Entrinnen mehr gibt, und werfe mein Schwert auf den Boden. Alex zögert zunächst noch, aber dann wirft auch sie ihre Waffe und die Box mit dem Schädel auf den Boden. Einer der Nazi-Schergen, der kein Zombie ist, nimmt beide Waffen an sich und stellt sich hinter Jack. Dieser ergreift das Wort: »Sehr gut, nun ist es schon fast vorbei.« Plötzlich hebt er Benjamin hoch und drückt ihm seine Schultern zusammen. Ein lauter Schrei durchdringt die Runde. Benjamin wird in der Luft regelrecht zermalmt und fällt tot zu Boden.

»Nein, das darf nicht sein«, schreie ich. Jack Hell befiehlt zwei der Zombies, uns gefangen zu nehmen und abzuführen. Mit auf dem Rücken zusammengebundenen Händen werden wir nach draußen gebracht. Die Stadt ist nun fast von Menschen gereinigt und alles brennt. Alle Straßen und Seitengassen wurden von den Zombie-Mengen kontrolliert.

Wir werden zu einem Militärfahrzeug gebracht, in dessen Laderaum wir zusammen mit den zwei Zombies Platz nehmen müssen. Jack übernimmt das Steuer und wir fahren durch die zerstörten Straßen. Durch das Fenster kann ich erkennen, dass drei weitere Fahrzeuge uns folgen. Jetzt ist wohl alles aus, denke ich mir. Alex sitzt mir gegenüber. Ich kann beobachten, dass sie einen Knopf an ihrer Uhr betätigt. Sie richtet ihr Wort an den Fahrer: »Hey du, wie konntest du uns beim Motel ausfindig machen?«

Jack lächelt und gibt als Antwort: »Das war ziemlich einfach, meine Hübsche. Im Weißen Haus wurdet ihr von einer versteckten Kamera gefilmt, als ihr euch beim ersten Sicherheitsmann gemeldet habt. Diese Kamera hat eure Gesichter gespeichert. Mit Hilfe dieser neuen Technologie haben wir euch im Umkreis von 200 Meilen gesucht. An jeder Tankstelle, jedem Motel oder öffentlichen Gebäude gibt es solche Kameras. Deshalb war es ein Leichtes, euch zu finden.«

Alex fragt weiter: »Ihr Dreckspack, wo geht die Reise jetzt hin?«

Angry Bird lächelt wieder und antwortet: »Da, wo ihr eigentlich hinwolltet, zur Area 51. Dort werden die vier Reiter darüber entscheiden, was mit euch geschehen wird.«

Unerwartete Hilfe

Nach einigen Stunden Fahrt auf dem Highway geht bereits die Sonne wieder auf. Auf einmal beginnt die Uhr von Alex zu piepsen, wodurch Jack sich gestört fühlt. Er dreht sich um und fragt: »Was ist das für ein nervtötender Ton?«

Alex sieht mich an und sagt leise: »Halt dich fest!«

Kaum hat sie das gesagt, fallen Schüsse hinter uns. Die Reifen werden getroffen und der Wagen bricht aus, er fährt eine Böschung hinab und kommt an einem Felsen zum Stehen. Ich, Alex und die beiden Zombies fallen aus dem Laderaum und landen im Sand. Alex reagiert schnell und nimmt die Waffen der Entführer und die Box mit dem Kristallschädel an sich, doch an das Schwert kann sie leider nicht herankommen. Die nachfolgenden Autos liegen ein Stück weiter hinter uns. Immer noch verwirrt darüber, was gerade geschehen ist, hilft mir Alex auf die Beine. Wir rennen hinter die Felsen, von wo die Schüsse kamen. Wir erblicken ein paar bewaffnete Menschen, die auf Motorrädern sitzen. Sie winken uns zu. Allem Anschein nach kennt Alex diese Typen. Jeder von uns schwingt sich bei einem hinten drauf. Wir fahren vorerst neben der Straße in die Richtung, in die wir sowieso gefahren wären.

Nach einer kurzen Strecke im Sand wechseln wir wieder auf die Straße. Dicht hinter uns sehe ich einige Militärfahrzeuge. Am Steuer eines der Autos sitzt Angry Bird. Plötzlich drosseln drei der Motorradfahrer das Tempo und fallen ein wenig zurück. Aus ihren Seitentaschen werfen sie metallene Kugeln mit Spitzen heraus, um die Reifen unserer Verfolger platzen zu lassen. Und tatsächlich gelingt dies. Alle Fahrzeuge werden lahmgelegt. Vorerst sind wir sicher, obwohl ich nicht einmal weiß, wer unsere Retter eigentlich sind.

Wir fahren noch einige Kilometer auf dem Asphalt, bevor wir wieder auf den unangenehmen Sandboden wechseln. Wir steuern eine große Felsformation an und parken unsere Motorräder hinter einem Felsen, damit man uns vom Highway aus nicht erkennen kann. Einer der Fahrer bückt sich neben einem Felsen und wischt am Boden den Platz frei, als würde er etwas suchen. Eine Luke aus Stahl kommt zum Vorschein. Der immer noch vermummte Fahrer öffnet sie. Ich bin total erstaunt, als eine Treppe in den Untergrund sich vor uns zeigt. Er bittet uns, hinabzusteigen.

Unten angekommen, befinden wir uns in einem großen Raum, an dessen Wand sich eine Tür befindet, die einer der Fahrer öffnet. Wir betreten einen riesigen Saal mit vielen Büchern an den Wänden. Es sieht aus wie in einer Bibliothek. Den Geräuschen nach zu urteilen, befinden sich noch andere Menschen hier. Neben den Bücherregalen gibt es Computersysteme mit großen Bildschirmen und in der Mitte des Saals steht ein großer runder Tisch. Die maskierten Retter nehmen die Helme ab. Es sind Männer und auch Frauen im Alter von ungefähr 25 bis 50 Jahren. Einer von ihnen ergreift das Wort: »Willkommen ihr zwei, bitte setzt euch, wir haben einiges zu besprechen – und wenig Zeit!«

Wir sitzen jetzt alle am großen runden Tisch, 15 an der Zahl. Der Älteste in der Runde beginnt zu reden: »Also, Miss Tube, wir kennen uns ja bereits. Und Sie müssten in diesem Fall Linus Wiggelstove sein.«

Ich nicke und höre gespannt weiter zu.

»Zuerst möchte ich mich vorstellen. Mein Name ist Mike Knight. Wir sind eine Organisation, die schon seit Jahrhunderten existiert. Merlin selbst gründete sie vor mehr als 2000 Jahren. Du kennst uns bestimmt unter dem Namen ›Die Illuminaten‹. Wir sind ein Geheimbund, der gegründet wurde, um Merlin und die Erben des Steins zu beschützen. Alle hier Anwesenden stammen von den Gründervätern dieser Organisation ab. Wir hätten eigentlich die Erben, also deine Familie beschützen sollen, aber in den letzten Jahren sind uns die vier Reiter immer einen Schritt voraus gewesen und haben alle niedergemetzelt. Auch schon im Mittelalter halfen wir Merlin zu fliehen, wenn er in Schwierigkeiten war. Wir waren eigentlich auch Teil des Plans von Merlin, wir sollten euch in die Aera 51 einschleusen und unterstützen. Nur war es nicht geplant, dass ihr entdeckt werdet und der Feind nun eure Geschichte kennt. Und auch nicht, dass Excalibur in ihren Besitz gerät. Aber nichtsdestotrotz müssen wir es versuchen. Unser Plan sieht folgendermaßen aus: Im Inneren der Area 51 haben wir einen Spion, der sich als einer von ihnen ausgibt. Wir stehen in Kontakt mit ihm. Sobald wir ihm ein Zeichen geben, wird er uns eine versteckte Luke öffnen, die sich ein wenig außerhalb befindet. Von da aus gelangen wir in einen Lüftungsschacht, der uns zu einem Vorraum der Maschine bringt, der den Alpha-Schädel beherbergt. Danach werden wir mit einem Störsender die Sicherheitskameras mitsamt dem Licht ausschalten. Anschließend seilen wir uns ab und können so den Schädel entnehmen. So sieht also der Plan aus. Wir werden euch gleich mit den nötigen Materialien und Waffen ausrüsten und dann kann es eigentlich schon losgehen.«

In einem Nebenraum werden wir mit allem ausgestattet. Auf dem Weg dorthin frage ich Alex ganz leise: »Warum hast du mir nicht schon vorher von dieser Organisation erzählt?«

»Ich hab dir doch gesagt, je weniger du weißt, desto besser.«

Showdown

Nach ein paar Stunden Schlaf und nachdem wir etwas gegessen haben, sind wir wieder relativ gestärkt für das weitere Vorgehen. Draußen wird es langsam dunkel. Mike geht an einen der Computer und sendet dem Spion in der Area 51 eine verschlüsselte Nachricht. Nun warten wir nur noch auf das Okay, damit wir loslegen können. In der Zwischenzeit nutze ich die Gelegenheit, um mit Mike zu reden. Ich frage ihn, ob die Reiter am Tod meiner Eltern schuld seien. Meine Eltern hatten laut der Mordkommission einen Autounfall und verbrannten bei lebendigem Leibe. Mike erzählt mir, dass tatsächlich Schergen der vier Reiter sie getötet hätten. Endlich kenne ich die Wahrheit über ihren Tod, was den Hass auf die vier nur noch verstärkt.

Nach einigen Minuten piept es am Computer. Es ist ein verschlüsselter Code, der angibt, dass alles in Ordnung ist und wir mit der Operation beginnen können. Wir begeben uns also wieder an die Oberfläche. Den Kristallschädel lassen wir hier in Sicherheit zurück. Es ist schon fast dunkel. Wir lassen die Motorräder stehen und gehen zu Fuß durch die Wüste, um ja nicht entdeckt zu werden. Wir laufen noch einige 100 Meter, als wir an einem weiteren größeren Felsbrocken ankommen. Dahinter befindet sich ein metallener Deckel, der geöffnet ist. Von jetzt an heißt es, leise sein. Alle 15 Leute schlüpfen durch den Eingang. Wir steigen wieder eine Treppe hinunter und kommen in einen Maschinenraum. Überall stehen Motoren und hier ist auch unser Ziel, der Luftschacht. Wir öffnen ihn und gehen nacheinander hinein. Der Schacht ist recht groß und stabil gebaut, weshalb wir uns keine Gedanken wegen des Gewichts machen müssen. Wir krabbeln einige hundert Meter durch diesen Schacht. Mike hat einen Plan vom Luftschacht und nach etlichen Verzweigungen signalisiert er uns, dass wir unser Ziel erreicht hätten. Unter uns befindet sich also der Raum, in dem die Zombies zuvor ausgerüstet und bewaffnet worden sind. Dieser Raum müsste also jetzt leer sein. Mike und Alex befestigen ein Seil und lassen sich als Erste hinunter, ich folge als Nächster. Es ist dunkel und wir haben zur Orientierung nur das Licht unserer Kopflampen. Als alle unten sind, wird es plötzlich hell.

Wir befinden uns inmitten von Hunderten von Zombies und Nazi-Schergen, die alle ihre Waffen auf uns richten. Offensichtlich haben sie uns erwartet. Da wir völlig in der Unterzahl sind, legen wir die Waffen hin und ergeben uns. Plötzlich fliegt von weit hinten etwas auf uns zu. Es ist der abgetrennte Kopf eines Mannes. Mikes Blick nach zu urteilen, ist es der des eingeschleusten Spions.

»Das passiert also mit Spionen, zuerst werden sie gefoltert, dann erzählen sie dir den ganzen Plan. Dann werden sie geköpft, so läuft das eben«, sagt eine uns bekannte Stimme. Es ist erneut Angry Bird, der auf uns zukommt und sich über unseren misslungenen Plan lustig macht. Er befiehlt seinen Untergebenen, uns einzusperren.

Wir werden in ein größeres Gefängnis mit Stahlgittern gebracht. Gegenüber unserer Zelle ist eine Kammer mit Glaswänden und einer eisernen Tür. Für einige Minuten sind wir alleine. Doch dann kommen alle vier Reiter der Apokalypse mit ihrem künstlich am Leben gehaltenen Adolf Hitler und Jack Hell. Sie stehen vor den Gittern mit einem fiesen Grinsen im Gesicht. Einer der Reiter ergreift das Wort: »So endet euer Plan. Wir haben euren kleinen Informationstausch noch in letzter Sekunde mitbekommen. Der Verräter hat unter Höllenqualen alles erzählt, was wir wissen wollten. Gerade jetzt, in diesem Moment hebt eines unserer Kommandos eure kleine Zentrale in der Wüste aus. Sie werden uns den Schädel bringen, den ihr dort versteckt habt. Ihr habt verloren und wir haben die Information, dass einer von euch weiß, wo das Tor ist. Linus, bitte übergib uns die Landkarte und den Stein der Weisen, wir wissen, dass du beides hast.«

Alle Blicke sind auf mich gerichtet. Die besagte Karte befindet sich in meiner Hosentasche. Wenn ich sie hergebe, ist alles vorbei. Doch ich habe eine Idee. Ich trete näher ans Gitter, hole die

Karte aus meiner Tasche und stecke sie durch die Gitterstäbe. Einer der vier tritt näher und sagt: »Gute Entscheidung«, und greift nach dem Papier. Doch bevor er sie an sich nehmen kann, ziehe ich sie zurück und stopfe sie mir in den Mund. Ich kaue ein wenig darauf herum und schlucke sie herunter.

Wenig beeindruckt von meiner Aktion, sagt ein anderer der vier: »Wir gehen mal davon aus, dass du dir gemerkt hast, wo das Tor ist, und dass du die Karte also gar nicht brauchst.« Er gibt Jack ein Zeichen, der die Tür zu unserem Gefängnis öffnet. Dann wählt er einen von uns aus und zieht ihn brutal aus der Gittertür heraus. Er schleift ihn zu der Metalltüre mit der Glasscheibe gegenüber, wirft ihn dort hinein und schließt die Tür gleich wieder. Da richtet Hitler das Wort an uns: »Wir demonstrieren euch jetzt, was der Reihe nach mit jedem Einzelnen von euch geschieht, wenn du uns nicht verrätst, wo das Tor ist.« Er geht zu einem Schalter neben der Tür und betätigt ihn. Lachend dreht er sich zu uns und sagt: »Das kennt ihr doch bestimmt noch.«

Wir beobachten, was mit unserem Mitstreiter in der Glaskammer geschieht. Zuerst verhält er sich ganz normal. Doch dann fängt er an zu husten und ringt nach Luft, er ist am Ersticken und legt sich keuchend auf den Boden. Es handelt sich scheinbar um eine Gaskammer, wie sie im Zweiten Weltkrieg benutzt wurden. Wir müssen mit ansehen, wie unser Kamerad in der Kammer erstickt. Nach endlosen Minuten des Kampfes liegt er tot am Boden. Angry Bird schleppt ihn heraus und wirft die Leiche in unsere Zelle. Einer der Reiter fragt ein wenig forscher: »Also, wer ist der Nächste?« Verzweifelt schauen wir uns an und wissen nicht, was wir tun sollten.

Ein weiterer Soldat kommt hinzu, der den Kristallschädel und Excalibur bei sich hat.

»Hier haben wir also eines der letzten Puzzleteile, um unseren Meister wiederzubeleben, und die Waffe, die ihn einst niedergestreckt hat. Ich glaube, in seinem Besitz wird sie wohl besser aufbewahrt sein und ihn unbesiegbar machen«, sagte einer der Reiter.

Plötzlich ertönt eine Stimme über einen Lautsprecher: »Herr Führer, bitte kommen Sie zur Kommandozentrale, hier warten ein paar Dutzend Soldaten auf Ihren Befehl.«

Hitler verneigt sich vor den vieren und tritt ab. Angry Bird folgt ihm. Da ergreift wieder einer der Reiter das Wort und sagt: »Also, wo waren wir stehen geblieben? Ach ja, wer ist der Nächste? Oder hast du dich umentschieden? Linus, willst du uns nun verraten, wo das Tor ist?«

Ich weiß wirklich nicht, was ich tun soll. Wenn ich nur das Schwert bei mir hätte, dann hätten wir noch eine Chance. Doch als ich so zu Excalibur hinüberblicke, das der Soldat in seinen Händen hält, verspüre ich etwas Merkwürdiges. Ich kann das Schwert dort drüben fühlen. Ich fühle mich mit ihm verbunden und kann jetzt sehen, wie sich das Schwert zu bewegen beginnt. Ich konzentriere mich also noch fester auf Excalibur. Es fängt an, sich in meine Richtung zu drehen, doch der Soldat hält es fest. Die vier Reiter sind verwirrt, als sie das bemerken. Der Wachmann ist zu schwach, um es festzuhalten, und lässt es los. Das Schwert fliegt zu mir durch die Gitterstäbe hindurch. Ich zögere nicht lange und zerschneide die Stäbe. Dann gehe ich auf den Mann zu, der das Schwert gehalten hat, und strecke ihn sogleich nieder. Ich nehme ihm seine Waffe weg und gebe sie Mike. Da die Reiter keine Bedrohung darstellen, ignorieren wir sie. Es dauert nicht lange und schon kommen die ersten Dutzend Zombiesoldaten. Ich signalisiere den anderen, dass ich mich um sie kümmern werde. Es ist ein Leichtes, denn das Schwert pariert die Kugeln und der Rest ist ein Kinderspiel. Die anderen übernehmen die Waffen der erledigten Soldaten, so dass wir wieder im Spiel sind. Mike sagt zu mir, dass sie sich um die Typen hier kümmern würden, ich solle jetzt den Alpha-Schädel holen. Ich will gerade losrennen, da höre ich jemanden schreien. Es ist Alex. Hitler hat sie von hinten im Würgegriff und hält ihr die Kanone an den Kopf. Ich bleibe stehen und schreie: »Lass sie los, du alte Nazi-Sau!« Wenig beeindruckt davon, geht er ein paar Schritte rückwärts zur Gaskammer. Mit der freien Hand öffnet er die Tür und will Alex hineinwerfen. Doch sie kann sich aus dem Würgegriff lösen und packt den Führer an der Hand, entreißt ihm die Kanone und wirft stattdessen ihn in die Kammer. Schnell verschließt sie die Türe und betätigt umgehend den Schalter für die Gaszufuhr. Sie steht vor der Scheibe und mit Verachtung sagt sie: »Jetzt kriegst du, was du verdienst, du Scheusal!« Es dauert nicht lange und das Gas zeigt seine Wirkung. Adolf Hitler stirbt genau den Tod, den er verdient hat.

Ich verliere keine Zeit und laufe in den nächsten Raum. Dort befindet sich eine kleinere Gruppe von Feinden, die aber kein Problem darstellen. Nachdem ich mich durchgekämpft habe, sehe ich noch eine Zelle, in der ein Mann eingesperrt ist. Ich gehe auf die Zelle zu und frage ihn: »Willst du raus?« Der Mann nickt verängstigt. Ich öffne ihm die Tür und werfe ihm die Waffe eines der Toten zu, damit er sich verteidigen kann. Dann gehe ich weiter und komme an eine riesige Stahltüre, die aber für Excalibur kein Problem darstellt. Auch diese Türe öffne ich und stehe endlich im gesuchten Raum mit der Höllenmaschine. Ich sehe den Alpha-Schädel schon von Weitem und renne auf ihn zu. Aber plötzlich verspüre ich einen stechenden Schmerz in meiner Schulter. Eine Kugel hat mich von hinten durchbohrt und ich gehe zu Boden. Das Schwert fällt mir aus der Hand und ich halte mir die Wunde zu. Als ich aufsehe, erkenne ich, dass es Jack war, der auf mich geschossen hat. Ich versuche aufzustehen, aber es ist zu spät. Er überwältigt mich, würgt mich mit beiden Händen und sagt: »Dann finden wir den Weg zum Tor eben auf andere Weise. Ich werde dich töten, egal was die anderen vier dazu sagen werden!«

Ich habe bereits mit meinem Leben abgeschlossen, da höre ich wieder einen Schuss. Blut tropft mir auf den Oberkörper. Der Griff um meinen Hals lockert sich und Angry Bird fällt tot neben mir um. Es war ein perfekter Kopfschuss von hinten. Ich richte mich auf und sehe den Mann, den ich vorhin aus der Zelle befreit habe. Aber irgendetwas ist komisch, er zittert vor Angst am ganzen Körper. Er wirft die Waffe weg und rennt wieder zurück in seine Zelle. Ich habe jetzt aber keine Zeit, um mich darum zu kümmern. Ich nehme mein Schwert auf und halte mir mit der anderen Hand die Wunde an der Schulter zu. Dann gehe ich die letzten paar Meter zum Schädel und mache mit Excalibur kurzen Prozess mit der Halterung, in der er sich befindet. Als ich ihn entnehme, beginnt die Maschine zu rauchen. Das Schwert stecke ich in meinen Gürtel und eile wieder zurück. Als ich hinter der großen Stahltüre ankomme, sind die anderen schon da. Sie berichten mir mit Freude, dass es funktioniert habe und all die Zombies wieder zu den Leichen geworden seien, die sie einmal gewesen sind.

Doch zum Feiern bleibt keine Zeit, denn die Apparatur im hinteren Raum macht den Anschein, als würde sie jetzt gleich explodieren. Deshalb machen wir uns so schnell wie möglich auf, von hier zu verschwinden. Doch dann sehe ich den Mann wieder, der mir zuvor das Leben gerettet hat. Er sitzt zitternd in in einer Ecke derselben Zelle, deren Tür ich ihm geöffnet hatte. Wir fordern ihn auf, mit uns zu kommen, doch er schüttelt nur den Kopf. Ich knie mich zu ihm nieder und erkenne viele Narben an seinen Armen. Er hat hellblondes Haar und, wie ich erkennen kann, ein braunes und ein blaues Auge. Auf dem linken Arm kann ich einen Schriftzug erkennen, welcher in die Haut eingeritzt wurde, und dort steht: »It's me«.

»Vor was hast du denn Angst?«, frage ich ihn.

Der Mann stammelt leise: »Vor mir selbst.«

»Wie meinst du das, vor dir selbst?«, frage ich nach.

Plötzlich setzt er ein Grinsen auf und starrt mir in die Augen, dass es mir kalt den Rücken herunterläuft. Dann sagt er mir mit einer anderen Stimme als zuvor: »Er hat Angst vor mir!« Der Mann springt auf mich, entreißt mir den Alpha-Schädel und rennt wieder zurück in den Raum, wo die Maschine kurz vor der Explosion steht. Eigentlich müssten wir ihn verfolgen, aber es kommt uns zu viel Rauch entgegen. Ich kann beobachten, wie er oben in einen Lüftungsschacht klettert. Wir kehren um und rennen wieder zu dem Schacht zurück, aus dem wir gekommen sind. Zum Glück finden wir unterwegs eine Leiter, mit der wir schneller hochgelangen.

Die ganze Area beginnt zu beben. Wir müssen uns also sputen. Im Lüftungsschacht wackelt alles und es ist wirklich schwierig, vorwärtszukommen. Endlich schaffen wir es. Wir verlassen die Gegend schnell. Wenige Augenblicke später können wir zusehen, wie das ganze Gelände in sich zusammenfällt. Nur noch ein Hubschrauber ist zu sehen, der irgendwo in der Gegend aufsteigt. Es sind die vier Reiter, die sich von einem Piloten wegbringen lassen. Sie fliegen über unsere Köpfe hinweg in Richtung Wüste.

»So, die sind wir erst einmal los«, sagt Mike siegesgewiss und fügt hinzu: »Aber nun müssen wir diesen Kerl mit dem Schädel finden.«

Max Mabus

Nachdem sich das Beben, welches durch das Einstürzen der Area 51 verursacht worden ist, gelegt hat, machen wir uns auf zu den Überresten der Anlage. Wir halten gerade Ausschau nach diesem komischen Kerl, da hören wir auf einmal in der Ferne einen Wagen. Alex benutzt das Fernglas, um ihn zu orten. »Das ist der Kerl mit dem Schädel, er fährt zurück zum Highway!«, schreit sie. Da er leider zu weit entfernt ist, haben wir keine Chance, ihn zu erwischen. Wir standen so kurz vor dem Sieg und jetzt das, aber immerhin konnten wir den Krieg beenden, denke ich mir. Auf einmal hören wir jemanden um Hilfe schreien, es kommt aus den Trümmern. Mike, zwei andere und ich entdecken einen eingeklemmten Nazi. Wir schauen uns an und denken wohl alle das Gleiche: Wir sollten ihn da unten liegen lassen, so einer hat es verdient zu sterben. Doch wir entscheiden uns dann doch dafür, ihn herauszuholen. Zwei der Männer heben das Gerüst an, welches sein Bein einklemmt, und Mike und ich ziehen ihn heraus. Er bedankt sich bei uns und sagt, dass er nur für die Computer zuständig sei und niemanden getötet habe. Ob das nun die Wahrheit ist oder nicht, ist egal. Er wusste schließlich genau, mit wem er zusammengearbeitet hat und für was seine Dienste benötigt wurden. Mike ergreift ihn unsanft am Kragen und fragt ihn, wer der Kerl gewesen sei, der da in Einzelhaft saß. Der Mann stammelt: »Die vier Reiter haben mir strikt verboten, das zu sagen.« Jetzt beugt sich Alex zu ihm herunter und drängt Mike dabei schon fast ein wenig grob zur Seite, sie hält dem Nazi die Kanone an den Kopf. Ohne dass sie etwas sagen muss, fängt er an zu reden: »Okay, okay, nur keine Panik, ich erzähle ja alles.« Er holt tief Luft. »Sein Name ist Max Mabus und er ist schizophren. Er hat eine gespaltene Persönlichkeit. Einerseits ist er ein normaler, netter Bürger, andererseits ist er böse und krank. Eigentlich ist er in einer psychiatrischen Klinik in England untergebracht, wo er jeden Tag seine Medikamente bekommt. Diese helfen ihm, seine schlechte Seite zu unterdrücken. Jedes Mal, wenn Max die Medikamente nicht einnimmt und seine Persönlichkeit wechselt, ritzt er sich. Seine auffälligste Narbe ist die am Unterarm, wo er sich ›It's me‹ eingeritzt hat. Sein ganzer Körper ist übersät mit Narben. Das ist auch der Grund, warum er seine Medikamente nicht mehr nimmt und sein Schicksal akzeptiert hat, denn wenn er sie einnimmt und diese ihre Wirkung verlieren, bestraft ihn seine böse Seite für dessen Unterdrückung. Vor einer Woche ist er aus der Klinik ausgebrochen und nach Frankreich geflohen. Es ist nicht so, dass er sich freiwillig in die Klapse einweisen ließ, sondern seine Familie hat ihn dorthin gebracht. Ihr habt bestimmt etwas von dem Massenmord an einer Großfamilie in Frankreich gehört? Das war die Familie von Max. Er hat sie alle umgebracht und ist danach geflohen. Aber seine Familie war nicht irgendeine. Sie gehörte zu einem Geheimbund, einem antiken Klan, die sich Templer nennen. Sie sind gemäß den Sagen und Märchen die Hüter des Heiligen Grals. Sie konnten sich aber immer bedeckt halten. Unsere Bosse, die vier Reiter, waren ebenfalls auf der Suche nach den Templern. Sie sind im Besitz von etwas, das sie geheim halten. Ich weiß nicht, ob es der Gral ist oder irgendein geheimes Wissen, es ist aber etwas sehr Wichtiges. Das ist alles, was wir über ihn wissen. Da er der Letzte seines Klans ist und mit seinen Morden auf sich aufmerksam gemacht hat, konnten wir ihn einfangen und hierherbringen, um das Geheimnis aus ihm herauszukriegen.«

»Also müssen wir nun einen Wahnsinnigen jagen«, sagt Mike.

Alex fragt noch einmal nach: »Aber was ist sein Plan, was hat er mit dem Schädel vor? Der Mann meinte ja, dass er das nicht wisse. Es sei nur so, dass seine eine Seite nur für Chaos und Böses stehe und seine gute Seite sich der anderen unterwerfe. Keiner weiß, was er eigentlich vorhat.«

Wir gehen zurück zum Versteck, wo wir einen Plan für unser weiteres Vorgehen schmieden. Den Nazi mit dem verletzten Bein lassen wir zurück, informieren aber die Polizei und fordern einen Krankenwagen an.

Verfolgung

Wieder im Hauptquartier angekommen, müssen wir feststellen, dass der Feind es auf den Kopf gestellt und sämtliche Computer zerstört hat. Wir schauen auf der Landkarte nach, wo Max Mabus hinfahren könnte. Es gibt vier mögliche Routen, also teilen wir uns in vier Gruppen auf. In meiner sind Alex und Mike. Wir nehmen einen Geländewagen, der in einiger Entfernung hinter einem anderen Felsen steht. Die anderen drei Gruppen fahren mit ihren Motorrädern. Die Jagd kann beginnen.

Wir nehmen den Weg in Richtung Las Vegas durch eine kleinere Vorstadt. Die Sonne geht schon langsam unter und wir sind fast alleine auf dem Highway. Noch immer keine Spur von Max. Alex fährt schneller. Wie aus dem Nichts erscheint plötzlich vor unserem Auto mitten auf der Straße ein Mensch, gekleidet in eine Kutte. Alex versucht auszuweichen, verliert aber die Kontrolle über das Auto. Wir überschlagen uns und kommen abseits der Straße an einem Baum zum Stehen. Ich weiß nicht, wie lange ich ohnmächtig bin, vielleicht ein paar Sekunden, vielleicht auch Minuten, jedenfalls wache ich mit dem Kopf nach unten auf. Ich versuche mich loszugurten und aus dem Wagen herauszukommen, auch Mike und Alex versuchen sich zu befreien. Unversehrt rapple ich mich auf und geselle mich zu den anderen beiden, die den Unfall ebenfalls unbeschadet überstanden haben.

Um keine Zeit zu verlieren, versuchen wir sogleich den Wagen umzudrehen, doch trotz aller Anstrengung schaffen wir es nicht. Außerdem wird es bald dunkel. Alex holt zwei Taschenlampen aus dem Wagen, damit wir wenigstens ein bisschen Licht haben. Zudem haben wir hier draußen in der Wüste keinen Empfang. Jeder macht sich auf die Suche nach einem Baumstamm oder etwas Ähnlichem, damit wir das Auto mit Hebelkraft wieder auf die Räder bringen können. Ich durchsuche die Büsche abseits der Straße, um hoffentlich etwas Brauchbares zu finden. Auf einmal höre ich Schritte hinter mir. Ich drehe mich um und leuchte mit der Taschenlampe in Richtung der Geräuschquelle. Ich erschrecke gehörig, denn ich sehe vor mir den Mann mit der Kutte, wegen dem wir den Unfall hatten. Er steht bewegungslos da und schaut mich mit einem Lächeln an. Bei näherer Betrachtung erkenne ich, dass er eine seltsame Haut hat. Sie ist gräulich. Er hat sehr große, schwarze Augen, eine sehr kleine Nase und, obwohl er eine Kapuze aufhat, kann man erkennen, dass er einen grösseren Schädel hat als ein Durchschnittsmensch. Ich erstarre vor Angst. Niemals zuvor habe ich einen derart grotesk aussehenden Menschen gesehen. Obwohl ich mich sehr fürchte, ergreife ich das Wort: »Ist bei Ihnen alles okay? Sind Sie verletzt? Wer sind Sie?«

Mit einem starren Blick antwortet er, immer noch lächelnd, mit einer tiefen Stimme: »Ich bin ein Anunnaki und ich bin gekommen, um dir zu sagen, dass, wenn du gegen das Schicksal gewinnen willst, du Bal'gain mit zum Tor nehmen musst. Ihr werdet Max Mabus auf einem Privatflughafen östlich von Los Angeles finden. Mehr musst du nicht wissen, Linus.«

Ich bin verwirrt. Woher weiß er meinen Namen? Und woher weiß er auch sonst alles? Ohne noch etwas zu sagen, wendet er sich von mir ab und läuft in die Dunkelheit.

Ich rufe ihm hinterher: »Warte! Wer bist du?« Ich renne ihm noch nach, doch er ist wie vom Erdboden verschwunden. Habe ich mir das alles nur eingebildet? Ich sollte das vorerst für mich behalten, denke ich mir.

Alex ruft mich zu sich. Sie habe einen brauchbaren Stamm gefunden. Wir legen das Holzstück auf einen großen Stein, um es als Hebel zu verwenden. Mit vereinten Kräften schaffen wir es endlich, das Auto wiederaufzurichten. Wir verlieren keine Zeit und fahren gleich weiter. Nach endlosen Kilometern taucht ein Hinweisschild nach Los Angeles auf. Wir sind noch dreißig Kilometer von der Stadt entfernt. Während der ganzen Fahrt muss ich an den Mann in der Kutte und seine Worte denken.

Das nächste Straßenschild ist das von East Los Angeles, Ausfahrt in 500 Metern. Ich sage Alex, dass sie doch diese Ausfahrt nehmen soll. Zu Recht fragt sie, warum. Ich antworte nur mit: »Intuition.« Ohne groß nachzufragen biegt Alex tatsächlich ab. Aber auch auf dieser Strecke gibt es keine Spur von Max. Es ist schon sehr spät und unser Tag geht langsam zur Neige. Wir halten nach einer Tankstelle Ausschau, wo wir auftanken und etwas zu essen kaufen können.

In einem kleinen Städtchen angekommen, bekommen wir wieder die Auswirkungen des Krieges zu Gesicht. Viele Häuser sind zerstört. Überall liegen Tote auf den Straßen, es ist furchtbar. Aber zwischen all dem Chaos gibt es tatsächlich noch eine Tankstelle, an der wir Halt machen. Der Shop ist menschenleer. Wir teilen die Aufgaben auf. Ich fülle den Treibstoff ein und Alex sucht im Shop nach etwas Essbarem. Während ich das Auto betanke, schaue ich mich um, um mehr darüber zu erfahren, wo wir hier gelandet sind. Nur ein paar Meter neben der Tankstelle ist ein Zaun. Was dahinter liegt, kann ich nicht genau erkennen. Es sieht nach einem großem Areal aus. Ein Auto steht dort, mit eingeschalteten Scheinwerfern, die in unsere Richtung leuchten. Nun sehe ich, dass es sich um das Fahrzeug von Max Mabus handelt, das er gestohlen hat. Und wie es ist, wenn man vom Teufel spricht, steigt er auch gleich mit einem Rucksack aus dem Auto und rennt in die Dunkelheit. In diesem Rucksack hat er wohl auch den Alpha-Schädel versteckt.

Ich halte nach Alex Ausschau. Sie ist wohl noch auf der Toilette. Ohne Zeit zu verlieren, hole ich mein Schwert aus dem Kofferraum und renne zur nächsten Zaunöffnung und dann in die Dunkelheit hinein. In der Ferne erkenne ich die Umrisse eines großen Gebäudes. Blindlings laufe ich darauf zu und suche nach einem Eingang. Ich umrunde das Gebäude, bis ich das Licht einer Lampe oberhalb eines Türrahmens sehe. Möglichst geräuschlos schleiche ich dorthin. Ich habe nun die Wahl, die Tür leise zu öffnen oder direkt hineinzustürmen. Ich entscheide mich für die zweite Variante. Also trete ich die Türe ein, was im ganzen Gebäude zu hören ist. Ich drücke sogleich den Lichtschalter zu meiner Rechten. Das Licht geht an und ich suche den Raum mit den Augen nach Max ab. Ich bin ziemlich aufgeregt, weil ich nicht weiß, was passieren wird. Ich bewege mich langsam vorwärts und halte mein Schwert schützend vor mich, für den Fall, dass mich dieser Wahnsinnige angreifen sollte. Plötzlich geht das Licht aus. Ich höre Schritte hinter mir und drehe mich um. Vor mir kann ich einen Schatten erkennen. Ein heftiger Schlag auf meinen Kopf lässt mich zu Boden fallen und ich bleibe ohnmächtig liegen.

Die Entführung

Die Erde bebt, alles bewegt sich, mein Kopf schmerzt. Ich öffne meine Augen und mir ist schwummrig zumute. Ganz langsam wird meine Sicht klarer und ich stelle fest, dass ich mich in einem Flugzeug befinde. Wie es aussieht, bin ich an einen Sitz gefesselt. Es handelt sich wohl um eine kleinere Maschine. Ich versuche mich von meinen Fesseln zu befreien, habe aber keine Chance. »Lass ihn gehen«, höre ich eine Stimme sagen. Drei Reihen vor mir sitzt jemand.

»Nein, wir brauchen ihn noch, du Narr«, entgegnet eine ähnlich klingende Stimme. Eine Person erhebt sich. Wie ich es eigentlich schon geahnt habe, ist es Max. Sein Blick fällt jetzt auf mich. Er hat wieder dieses teuflische Lächeln aufgesetzt und kommt auf mich zu. Seine Mimik verändert sich zu einem eher besorgten Gesichtsausdruck. »Keine Angst, ich pass auf, dass er dir nichts tut. Er wird …« – da greift er mit seiner rechten Hand in seine Tasche, holt ein Messer heraus und schneidet sich selber in den Arm. Er schreit kurz auf und verstummt sogleich wieder. Jetzt hat er wieder das Lächeln von vorhin aufgesetzt. »So, und jetzt sind wir unter uns, ohne dass meine schwächere Hälfte noch einmal stört. Du bist also derjenige, der Excalibur führen kann. Interessant, wirklich interessant. In diesem Fall weißt du auch, wo das Portal ist, nicht wahr?« Vor Angst läuft mir der Schweiß herunter. Woher weiß dieser Psychopath von dem Tor? Bis jetzt glaubte ich, dass davon niemand Kenntnis habe. Max fährt fort: »Ja, ich weiß davon und ich weiß noch vieles mehr, mein Junge.«

Mit ernster Stimme frage ich ihn: »Und was ist nun dein Plan? Woher kennst du die Geschichte vom Tor?«

Max lacht und antwortet dann fast erheitert: »Ich komme aus einer sehr einflussreichen Familie, die sehr alte Wurzeln hat. Meine Vorfahren haben Merlin schon früh getroffen. In seinen jungen Jahren war er noch sehr leichtgläubig. Er erzählte die Geschichte des Tores, des Übergangs in eine andere Welt, vielen

Leuten. Darunter auch einem Klan, der als einziger diese Geschichte aufgeschrieben hat. Diese Information wurde von Generation zu Generation weitergegeben, bis sie zu mir kam. Aber dies ist nicht das einzige Geheimnis, von dem wir wissen. Wir sind auch diejenigen, die Stonehenge errichtet haben. Auch sind wir die Einzigen, die wissen, was es wirklich zu bedeuten hat. Zur damaligen Zeit wurden wir zu einer sehr einflussreichen Familie, die weite Teile England besetzte. Eines Tages entdeckte einer aus unserer Familie eine Art Loch im Boden auf einem Feld, welches ein Eingang zu einer Höhle war. Er kletterte hinab und kam in einen großen Hohlraum. In dessen Mitte öffnete sich ein weiteres, ein etwa kopfgroßes Loch, das umgeben war von sieben Platten, welche aus dem Boden ragten. Die Platten bestanden aus einem einzigartigen Material, welches unzerstörbar war. Er ging auf das kleinere Loch zu und schaute hinunter. Es schien unendlich weit hinunterzugehen, bis zum Erdkern, was auch stimmte. Man konnte sogar ein kleines Licht sehen. Mein Vorfahr fand diesen Ort so faszinierend, dass er es den Gelehrten der Familie zeigte. Man fand heraus, dass an diesem Punkt die Erdplatten auseinandergingen. Hier hatte sich vor mehreren Millionen Jahren der Urkontinent Pangäa in die heutigen sieben Kontinente aufgespalten. Meine Vorfahren waren so fasziniert von diesem Ort, dass sie ihn als heilig ansahen und einen Schrein darum bauten. Ebenso wurde ein Eingang zum Trennpunkt der Platten gebaut. Nur Familienmitglieder wissen, wo sich dieser verbirgt.«

Max fängt an zu zucken und seine Stimme verändert sich: »Du musst ihn aufhalten, Linus, sonst wird er die gesamte Welt zerstören.« Dann schlägt er sich selbst mehrfach in den Bauch und wieder wechselt die Stimme zu seiner bösen Seite: »Verzeihung, der mischt sich immer zur falschen Zeit ein. Wo bin ich stehen geblieben? Ach ja, Stonehenge, das ist ein gutes Stichwort, denn genau das ist unser Reiseziel.«

Ich unterbreche diesen persönlichkeitsgestörten Psychopathen und frage: »Und was hast du mit dem Alpha-Schädel vor? Du weißt gar nicht, was dieser Schädel für eine Macht hat.«

Da unterbricht wiederum er mich. »Genau um das geht es mir doch. Ich habe gesehen, was er für eine Macht hat, und diese werde ich benutzen. Ich werde ihn nach Stonehenge bringen, die geheime Tür öffnen und ihn in den Scheidepunkt der Kontinente setzen. Danach werde ich mit der Kraft des Schädels den Pangäa-Knopf aktivieren. Dadurch werden die Kontinente wieder zusammengezogen und der Urkontinent ist wiederhergestellt.« Während des Erzählens wird er immer euphorischer und lacht, was mir umso mehr Angst macht. »Es wird weltweite Beben geben. Alles, was von Menschenhand aufgebaut wurde, wird zerstört werden. Ein Großteil der Weltbevölkerung wird sterben.«

Ich bin schockiert. Er will tatsächlich die Welt vernichten. Völlig entsetzt frage ich ihn: »Aber warum? Warum willst du so etwas tun? Was ist der Sinn der Sache?« Er hält kurz inne und bricht in ein Gelächter aus. Er kann sich vor Lachen kaum halten. Dann kommt er näher, kniet sich zu mir nieder und sagt mit einem Grinsen: »Es braucht nicht immer für alles einen Grund zu geben, mein Freund.« Nach diesem Satz steht er wieder auf und geht zurück ins Cockpit.

Ich versuche weiterhin, mich zu befreien, aber die Kabelbinder sitzen fest. Ich schaue mich um und erblicke mein Schwert Excalibur. Es steht an der Tür zum Cockpit neben einem Sack. An das hat er bestimmt nicht mehr gedacht. Ich kann das Schwert ja einfach zu mir rufen, denke ich optimistisch. Ich schließe die Augen und versuche, mich auf das Schwert zu konzentrieren, wie ich es schon ein paar Mal zuvor gemacht habe. Aber diesmal ist es anders. Ich kann keine Verbindung zu ihm aufbauen. Irgendetwas ist diesmal anders. Sosehr ich es auch probiere, ich schaffe es nicht. Einige Minuten später kommt Max zurück. Ohne dass er etwas sagt, erkenne ich, dass es diesmal seine gute Seite ist, die die Oberhand über ihn hat. Mit gesenktem Blick nähert er sich mir und sagt: »Du kannst das Schwert hier nicht benutzen.

Die Aura des Schädels ist zu stark und unterdrückt deine Verbindung, tut mir leid.«

Wir haben schon mehr als die Hälfte des Weges nach England geschafft. Sobald wir angekommen sind, wird er den entführten Piloten kaltblütig ermorden, erzählt seine gute Seite mir noch während des Fluges. Mich werde er womöglich in eine unserer Unterkünfte auf dem Land bringen. Dort müsse er noch etwas erledigen, bevor wir zum Pangäa-Knopf gingen. Seine Absicht ist, dass der Erbe Merlins, der Mann, der versucht hat, die Menschheit zu beschützen, dabei zusieht, wie das Schicksal der Welt besiegelt wird. »Es tut mir leid, dass ich dir nicht helfen kann, und es tut mir leid, in was für eine Lage er dich gebracht hat, es …«

Ich unterbreche ihn und sage: »Max, versuche gegen ihn anzukämpfen. Versuche gegen ihn zu gewinnen. Versuche deinen inneren Konflikt zu überwinden und die Oberhand über deinen Körper wiederzuerlangen!«

Unerwartet laufen ihm Tränen über die Wangen und er antwortet: »Wenn du wüsstest, wie lange ich das schon versuche. Alles war vergebens.« Er dreht sich wieder um und geht zum Piloten zurück.

Ich fühle mich hilflos und verlassen. Niemand weiß, wo ich bin, dass ich mit einem geistig gestörten Irren dabei bin, die Welt zu vernichten. Verzweifelt wie ich bin, fange ich an zu weinen. Ich zähle die Stunden. Voller Erschöpfung fallen mir irgendwann die Augen zu.

Balga'in

Ich werde durch einen Aufprall geweckt. Ein wenig benommen schaue ich aus dem Fenster. Offenbar sind wir soeben gelandet. Nachdem wir angehalten haben, vergehen noch einige Minuten, bis die Tür des Cockpits geöffnet wird. Ein verängstigter Pilot tritt heraus, dicht gefolgt von Max, der ihm die Pistole an den Kopf hält. Der Pilot kommt mit einem Messer auf mich zu. Ich schließe die Augen und denke, dass es nun auch für mich vorbei ist. Doch zu meinem Erstaunen schneidet er nur die an meinen Armen und Beinen befestigten Kabelbinder durch und sagt: »Steh auf, Linus, und dreh dich um.« Ich gehorche und mache, was er sagt. Der Pilot nimmt meine Hände hinter den Rücken und bindet mich mit einem Seil fest. Während er den letzten Knoten anbringt, spüre ich, wie er etwas in eine meiner Hosentasche steckt. Nachdem er mich gefesselt hat, drehe ich mich wieder um und muss mit ansehen, wie Max ihm kaltblütig eine Kugel durch den Kopf jagt. Mein bereits schweißgebadetes Hemd ist nun auch blutverschmiert. Bevor ich überhaupt realisiere, was gerade geschehen ist, stößt mich Max in Richtung Ausgang und trampelt dabei über die Leiche des Mannes.

Wir verlassen das Flugzeug. Es scheint ein Privatflugplatz zu sein. Die Landebahn liegt auf einer Anhöhe. Von unserem Standpunkt aus kann man weit über viele Hügel sehen. So weit das Auge reicht, ist alles grün. Etwas weiter entfernt liegt ein großes Anwesen. In der Ferne erkenne ich sogar kleinere Städte. Überall ist Rauch zu sehen. Das sind wahrscheinlich immer noch die Folgen des Krieges, der offensichtlich überall auf der Welt getobt hat. Mit seiner Waffe auf meinen Hinterkopf gerichtet, marschieren wir in Richtung des Hauses. Max hat sich Excalibur auf den Rücken gehängt. In der anderen Hand hält er den Sack mit dem Alpha-Schädel.

Beim Gebäude angekommen, öffnet Max die Tür mit einem Schuss auf das Schloss. Wir treten ein. Es ist wunderschön eingerichtet. An den Wänden hängen Gemälde, zudem gibt es Vitrinen mit alten Artefakten. Mein Entführer drängt mich durch das ganze Gebäude und stellt mich schließlich wortlos vor ein Wandregal mit vielen Büchern. Max sucht offenbar nach einem bestimmten Buch. Dazu legt er den Sack beiseite. Ein Buch, das sich auf Augenhöhe befindet, schiebt er nach hinten, worauf die gesamte Wand mit den Büchern sich zu bewegen beginnt. Zum Vorschein kommt ein dunkler Gang, an dessen Wänden Lichter angehen. Der Gang führt weit hinab. Max befiehlt mir, ihn hinunterzugehen. Ohne Gegenwehr zu leisten, tue ich, was er verlangt. Die Treppe scheint schier endlos zu sein. Es dauert sehr lange, bis wir endlich unten ankommen. Es ist ziemlich kalt und dunkel hier. Die Wände sind kahl, nicht so wie weiter oben. Ich kann eine Tür erkennen. Rechts davor befindet sich ein kleiner Bildschirm mit ein paar Knöpfen. Max betätigt ein paar davon, während er immer noch die Waffe auf mich gerichtet hält. Dann legt er seine Hand auf den Bildschirm, damit dieser sie scannt. Danach höre ich nur noch, wie sich viele Riegel in der Türe verschieben und sie sich öffnet. Der Raum hinter dieser gut gesicherten Tür ist stockdunkel, mit Ausnahme einer einzigen Lampe in der Mitte des Raumes.

»Rein da, ich werde dich später wieder holen, damit wir das Ende der Welt einläuten können«, sagt er zu mir. Ich trete in den Raum und schaue mich um. Max ergreift noch einmal das Wort: »Und um dich da hinten werde ich mich später kümmern, keine Sorge!« Dann schließt sich die Tür hinter mir.

Wen hat er damit gemeint?, frage ich mich. Meine Augen müssen sich erst an die Dunkelheit gewöhnen. In der Mitte des Raumes glüht eine kleine Lampe. Aus einer Ecke höre ich plötzlich ein Geräusch. Es klingt wie das schwere Atmen eines Menschen. Vorsichtig gehe ich näher heran. Ich erkenne ein großes Kreuz, an dem irgendetwas hängt. Zu meinem Schreck ist es ein Mensch. Er ist aber nicht angenagelt, sondern mit goldenen Armreifen an Händen und Füßen befestigt worden. Ich schätze ihn auf knappe dreißig Jahre. Er hat schwarzes Haar, ist kräftig gebaut und trägt nur eine Art Schürze um die Hüften. Er scheint unverletzt zu sein und bei vollem Bewusstsein.

»Wer bist du und was ist mit dir passiert?«, frage ich ihn.

Er schaut von oben herab und zögert mit seiner Antwort. »Mein Name ist Balga'in, wie ich mich erinnern kann.« Er redet ein wenig komisch, als habe er seit Ewigkeiten mit niemandem mehr gesprochen. Nach jedem Wort macht er eine kleine Pause und sucht nach Worten. »Ich bin ein Relikt aus einer sehr alten Zeit. Eigentlich komme ich aus dem fernen China. Ich wurde dort bewundert und verehrt für meine Fähigkeiten, für das, was ich war. Vor einigen Jahrhunderten wurde das Dorf, in dem ich lebte, von einem Dutzend starker Krieger überfallen. Wie ich später erfahren habe, handelte es sich um die sogenannten Templer. Das ist eine einflussreiche Familie mit einer mächtigen militärischen Organisation, die bis in den Fernen Osten vordringen konnte. Ich versuchte die Menschen dort zu beschützen. Sie nahmen aber Geiseln und verlangten, dass ich mich ergebe. Um die Leute zu retten, ergab ich mich. Sie legten mir Fesseln aus purem Gold an. Gold ist nämlich das einzige Material in dieser Welt, das meine Kräfte unterdrücken kann. Ich weiß zwar nicht, wie sie das herausgefunden hatten, Fakt ist jedoch, dass sie wussten, wie sie mich bändigen konnten. Sie legten mich in eine metallene Kiste, die ebenfalls mit Gold bestückt war. Sie war sehr eng und es gab praktisch keine Luftzufuhr. Dies war das letzte Mal, dass ich das Tageslicht sah. So vergingen Tage, Wochen, Monate. Das Einzige, was ich mitbekam, war, dass die Kiste offenbar von Pferden gezogen wurde. Dann, nach einer halben Ewigkeit, wurde meine Kiste geöffnet und ich fand mich in diesem Kerker wieder. Um mich herum standen dutzende Menschen, gehüllt in Kutten mit ihrem Symbol darauf. Das Einzige, was in diesem Raum war und immer noch ist, ist das Kreuz, an dem ich jetzt festgemacht bin. Über all die Jahre hinweg haben sie mich hier unten verrotten lassen. Ich konnte mit keinem über den Grund, warum ich hier bin, reden. Vor ein paar Jahren haben sie aber angefangen, mir Blut abzunehmen. Auch Haarproben schnitten sie mir ab, ebenfalls ohne Erklärung.« Er fängt an zu schluchzen und senkt seinen Blick wieder.

Ich frage ihn verblüfft: »Du behauptest, dass du aus dem alten China entführt wurdest. In welchem Jahr bis du denn geboren?«

Er hält kurz inne und antwortet: »Ich wurde im Jahr 2000 vor Christus geboren, aber genau weiß ich es auch nicht. Meine Mutter starb bei meiner Geburt. Meinem Vater bin ich nie begegnet. Mein Geburtsort ist Chichén Izá in Mexiko und meine Familie war sehr arm. Du fragst dich sicher, wie ich so lange überleben konnte, nicht wahr? Klar fragst du dich das, jeder will das wissen. Die Wahrheit ist, ich weiß es selbst nicht genau. Ich weiß nur, dass ich nicht wie alle anderen bin. Das habe ich schon als kleines Kind gemerkt. Ich konnte meinen Körper zu etwas Großem transformieren. Für meine Fähigkeit wurde ich bewundert und verehrt. In Chichén Izá nannten sie mich Quetzalcoatl, in China gaben sie mir den Namen Lòng. Aber hier werde ich, wie ich von den Templern hörte, Drache genannt. Ich wurde durch meine Fähigkeit zur Gestaltwandlung zum Beschützer diverser Zivilisationen. Ich beendete Kriege und wurde zum Symbol von Glück und Frieden. Ich bereiste die Welt, lernte unzählige Sprachen und unterschiedlichste Kulturen kennen. Zu meinen Ehren wurden Tempel, Statuen und Gemälde erschaffen, bis zu dem Tag, an dem ich entführt wurde.«

Ehrfurchtsvoll höre ich ihm zu. So dämlich es auch klingen mag, ich glaube ihm seine Geschichte. In den letzten Tagen habe ich so viel erlebt, dass ich mir vor einer Woche nicht einmal hätte träumen lassen, ich würde danach überhaupt noch am Leben sein. Trotzdem muss ich all die Neuigkeiten erst einmal sacken lassen, zudem müssen wir so schnell wie möglich hier raus. Und diejenigen, die mich hier eingelocht haben, müssen wir dringend aufhalten, sonst wird die halbe Menschheit vernichtet werden.

Mit emotionsloser Stimme sagt Balga'in zu mir: »Der einzige Weg hier heraus ist die Türe, durch die du hereingekommen bist.«

Die Tür ist aber aus massivem Stahl und nur ein Schlüssel

kann sie öffnen. Aufgeregt durchforste ich meine Taschen mit meinen Händen, welche immer noch am Rücken festgebunden sind, um darin irgendetwas Brauchbares zu finden. Ich ertaste einen Gegenstand, es ist tatsächlich ein Schweizer Taschenmesser. Jetzt erinnere ich mich wieder daran, dass der Pilot mir etwas eingesteckt hatte, bevor er umgebracht wurde. Bei all der Aufregung hatte ich das vollkommen vergessen. Eilig öffne ich sämtliche Werkzeuge des Taschenmessers. Zuerst durchschneide ich meine Fesseln. Zum Glück hat es auch einen kleinen Schraubenzieher. Stolz zeige ich Balga'in, was uns zur Flucht verhelfen kann: »Sieh mal her, dies ist der Schlüssel zur Freiheit. Ich werde dich von diesem Kreuz befreien.« Er wirkt wenig beeindruckt und verzieht keine Miene. Ohne auf eine Reaktion von ihm zu warten, beginne ich die Schrauben an seinen Fußfesseln zu lösen. Sie lassen sich einfacher entfernen als gedacht. Nun hängen seine Beine in der Luft und ich fange an, die Fesseln an seinem linken Arm abzunehmen. Jetzt hängt er nur noch an einem Arm. Ich beeile mich, auch noch die letzten Schrauben zu lösen, damit er nicht so lange in der Luft baumelt. Die letzte Schraube löst sich und damit fällt auch der daran hängende Körper direkt auf mich herab und wir stürzen beide auf den Boden. Ich stehe rasch wieder auf und reiche ihm die Hand, damit er aufstehen kann. Doch er bleibt am Boden liegen. Ich schreie ihn an: »Komm hoch, wir müssen hier raus!« Doch er sagt, dass es keinen Sinn mehr habe. »Ich habe mein Leben schon lange aufgegeben. Zudem weiß ich nicht mehr, wie die Welt da draußen aussieht. Ich habe alles vergessen, es hat keinen Sinn mehr zu leben.« Das kann ich jetzt gar nicht gebrauchen. Ich ignoriere das Gesagte, renne auf die Tür zu und versuche mit sämtlichen Werkzeugen, sie zu öffnen. Ich hantiere schon eine Weile herum, als sich ein Riegel bewegt. Ich kann es kaum glauben, aber die Tür von unserem Gefängnis ist offen. Ich wende mich dem immer noch am Boden liegenden Balga'in zu und schreie ihn an: »Das ist der Weg in die Freiheit, nun steh schon auf!« Er bleibt auf dem Rücken liegen und bewegt sich nicht. Ich packe ihn am Kragen und versuche ihn aufzurichten, doch seine Beine finden keinen Halt. Offenbar hat er keine Kraft mehr, zu stehen. »Lass mich einfach hier, das ist wirklich in Ordnung«, sagt er erschöpft. Ich fasse den Entschluss, ihn huckepack zu nehmen und so hier herauszutragen. Zum Glück ist er nicht so schwer. Trotzdem fühlt es sich an, als würde ich einen toten Körper tragen, denn seine Muskeln sind total zurückgebildet. Kein Wunder, wenn man Jahrhunderte an einem Kreuz gehangen hat.

Ich renne nun die lange steile Treppe wieder hoch, und das möglichst geräuschlos. Mir steigt der Duft von brennendem Holz in die Nase. Je näher ich zum Ausgang komme, desto intensiver wird er. Oben angekommen, finde ich mich in der großen Halle wieder. Überall ist Rauch. Ein paar Meter vor mir befindet sich der Eingang zu einem weiteren Raum, aus dem wohl der ganze Rauch kommt. Es ist ziemlich stickig und ich fange an zu husten. Im Schutze des Rauches versuche ich unbemerkt zum Ausgang zu kommen. Zuerst schleiche ich an dem Raum entlang, aus dem der Rauch kommt. Ich werfe einen Blick in die Flammen. Es handelt sich offenbar um eine Bibliothek mit unzählbaren Regalen. Ohne Zeit zu verlieren, gehe ich weiter in Richtung Freiheit. Durch ein Fenster erkenne ich jemanden im Garten des Anwesens. Es ist Max, der von diversen kleinen Feuern umgeben ist. Es handelt sich um Gräber, die er in Flammen gesetzt hat. Er tanzt zwischen den Flammen umher und lacht. Es ist ein angsteinflößendes Szenario. Nun, da ich weiß, dass Max da draußen ist, renne ich einfach nur noch aus dem Gebäude heraus. Doch plötzlich merke ich, dass etwas aus meiner Hosentasche herausgefallen ist. Ich blicke ein paar Meter zurück und erkenne, dass es die Karte ist, die mir Merlin gegeben hatte, um das Tor zu finden. Ich habe nämlich, als die vier Reiter im Gefängnis von mir verlangten, dass ich ihnen die Karte aushändigen soll, nur einen Fetzen Papier, welcher in meiner Tasche war, aufgegessen. Schnell gehe ich die paar Meter zurück. Aber ich sehe, dass sich gleich neben der Karte, die dort am Boden liegt, eine Türe befindet, die zum

Garten führt. Und genau von dort her höre ich jetzt Schritte. Ich darf nichts riskieren, ich muss hier raus.

Vor dem Haus sind mehrere Autos geparkt. Ich stürme ohne die Karte auf sie zu und öffne das erstbeste, das zum Glück offen steht. Den geschwächten Balga'in setze ich auf den Beifahrersitz und schnalle ihn an, damit er ein wenig Halt hat. Dann gehe ich um den Wagen herum und nehme auf dem Fahrersitz Platz. Ich zücke wieder das Messer, das mir vorhin schon geholfen hat. Mit Hilfe des aufgeklappten Dosenöffners will ich den Motor starten. Doch bevor ich dazu komme, erblicke ich im Rückspiegel eine Person. Es ist Max. Aber anscheinend sucht er gar nicht mich, denn er geht gemütlich an mir vorbei. Er hat die Tasche mit dem Alpha-Schädel und mein Schwert bei sich. Er geht auf ein anderes Auto zu und verstaut beide Sachen darin. Ich versuche mich nicht zu bewegen, nicht dass er mich noch entdeckt. Er verliert keine Zeit und fährt davon. Er wird wohl zum Pangäa-Knopf, also nach Stonehenge fahren, um das Ende der Welt einzuleiten.

Ich habe keine Wahl, ich muss ihn auf eigene Faust verfolgen und aufhalten. Eine kurze Zeit lang warte ich, bis er sich ein wenig entfernt hat, und versuche dann, den Motor meines Autos zum Laufen zu bringen. Das Glück ist auf meiner Seite und der Wagen springt an. Sogleich nehmen wir die Verfolgung auf. Mein Beifahrer verhält sich sehr ruhig. Einerseits ist er immer noch sehr geschwächt, andererseits ist er von der Außenwelt schockiert. Das liegt wahrscheinlich daran, dass er seit einer Ewigkeit kein Tageslicht mehr gesehen hat. Zudem hat er überhaupt keine Ahnung, in was für einer Situation wir uns befinden. Auch ein Auto scheint für ihn etwas Neues zu sein, er hat keinen blassen Schimmer, wie die heutige Welt aussieht. Das Ganze ist ein totaler Kulturschock für ihn. Er beobachtet zwar die Außenwelt, aber seinem Ausdruck nach hat er überhaupt keine Lebensfreude mehr. Die lange Gefangenschaft hat ihn offenbar gebrochen.

Pangäa!

Die Verfolgung von Max verläuft ganz gut. Ich halte genügend Abstand und er hat uns wohl noch nicht bemerkt. Währenddessen verzieht Balga'in keine Miene und schaut kommentarlos aus dem Fenster. Die Straßen sind meist leer und überall sind Schneisen der Zerstörung zu erkennen, die von dem weiter tobenden globalen Krieg stammen. Nach ungefähr einer Stunde Fahrt sehe ich, dass Max genau neben dem Stonehenge-Gelände parkt. Mein Auto stelle ich etwa 400 Meter von ihm entfernt hinter ein paar Bäumen ab. Auf der Fahrt habe ich versucht, Balga'in zu erklären, wie der Stand der Dinge ist und was Max Mabus vorhat. Teilnahmslos und aus dem Fenster starrend, hörte er mir zu, ohne ein Wort darüber zu verlieren. Ich sage ihm, dass er im Auto warten soll, obwohl er sich ja sowieso nicht bewegen kann. Bewaffnet mit einem Schweizer Taschenmesser und mit dem Willen, die Welt zu retten, steige ich aus dem Auto und pirsche mich immer näher an die Steinblöcke von Stonehenge heran, welche sich noch hinter Erderhöhungen befinden. Von Weitem, hinter einem Erhügel versteckt, beobachte ich Max, wie er einen der großen Megalithen abtastet, als würde er nach etwas suchen. Etwa 15 Meter vom Steinkreis entfernt verstecke ich mich hinter einem Gebüsch. Ich warte auf den richtigen Moment, um ihn von hinten zu überwältigen. Ich erkenne, dass er einen kleinen, von einem Megalithen abstehenden Stein dreht und sich darauf ein Loch in der Mitte von Stonehenge bildet, als würde ein Deckel zur Seite geschoben werden. Ich kann fast meinen Augen nicht trauen, als eine Treppe zum Vorschein kommt. Max verliert keine Zeit und geht mit seiner Tasche die antiken Stufen hinunter. Ich warte einen Moment und verfolge ihn, bewaffnet mit meinem kleinen Messer.

Wie ich von oben erkennen kann, sind es nur wenige Stufen. Ich steige vorsichtig hinab. Auf einmal beginnt der Boden zu beben. Ich klammere mich an das Geländer. Das Beben will nicht aufhören und ich befürchte, dass wieder einmal Max dahintersteckt. Ich raffe mich auf und steige weiter die Treppe hinunter. Unten angekommen, finde ich mich in einem größeren Raum wieder, der links und rechts von Fackeln beleuchtet ist. An seinem Ende erblicke ich Max, der den Schädel in einer steinernen Öffnung auf dem Boden fixiert hat. Das muss der Pangäa-Knopf sein, der dieses Beben ausgelöst hat. Max kniet neben dem Knopf, lacht und schlägt auf den Boden. Ich zücke mein Messer und schleiche mich langsam an.

»Ich habe dich schon bemerkt, Kleiner«, sagt Max, ohne in meine Richtung zu sehen. Die Situation kann brenzlig werden und ich weiß nicht, wie ich mich verhalten soll. Max steht wieder auf und hält jetzt das Schwert in seiner Hand. Er dreht sich zu mir um und hat wieder dieses unheimliche Lächeln aufgesetzt. Jetzt komme ich mir mit meinem kleinen Taschenmesser echt blöd vor. Er nähert sich mir langsam, während ich immer noch starr vor Angst bin. Er richtet das Schwert auf mich, doch plötzlich fängt er an zu zucken und lässt Excalibur fallen. Auch sein Gesichtsausdruck verändert sich. »Flieh, ich weiß nicht, wie lange ich ihn aufhalten kann«, schreit er mir zu. Das muss wohl wieder seine gute Seite sein, die mir zur Flucht verhelfen will. Aber sie hält nur keine paar Sekunden durch und seine böse Seite übernimmt wieder die Kontrolle. Ich stehe immer noch an derselben Stelle, ohne zu wissen, was ich nun machen soll.

»Max, kämpfe dagegen an!«, schreie ich und versuche damit den guten Max zu erreichen. Ich muss Zeit gewinnen. Also rufe ich ihm erneut zu: »Max, ich weiß, du kannst gegen ihn gewinnen. Tu es für die Menschheit, tu es für die Welt, die ohne deine Hilfe zugrunde geht. Du musst ihn nur einen Augenblick aufhalten, damit ich ihn überwältigen kann!« Ich sehe, wie er mit sich ringt.

»Du Narr, du hast es bisher nicht geschafft, du wirst es auch jetzt nicht schaffen«, schreit seine böse Seite. Er rennt auf mich zu, holt mit dem Schwert aus und will damit auf mich einschlagen. Ich kann mich unmöglich dagegen wehren, schließe meine

Augen und denke: »Das war es also.« Es vergehen ein paar Sekunden – und ich bin immer noch nicht tot. Langsam öffne ich meine Augen. Die Klinge ist nur ein paar Zentimeter von meinem Kopf entfernt. Max ist zu einer Statue erstarrt. Sein Gesicht ist schmerzverzerrt und das Einzige, was aus seinem Mund kommt, ist: »Mach ihn fertig, Linus!« Ich überlege nicht lange und werfe mich auf ihn. Mit beiden Händen greife ich nach dem Schwert, wir fallen beide zu Boden und kämpfen erbittert um die Oberhand. Das Beben, das nebenbei stärker geworden ist, macht es uns auch nicht leichter. Er ist eindeutig stärker und ich verliere deshalb den Kampf um das Schwert. Doch ich rapple mich wieder auf und versuche es erneut.

»Jetzt ist es zu Ende mit dir und somit auch für die ganze Welt!«, schreit er. Er holt ein letztes Mal aus, um mich zu erledigen.

Doch dieses Mal wird er nicht von seiner guten Seite aufgehalten, sondern von einer Person, die ihn von hinten anspringt und zu Boden wirft. Es ist Balga'in, der mich gerade rettet. Das Schwert fällt zu Boden und ich nehme es sogleich an mich. Ich richte es auf den am Boden liegenden Max. Balga'in hat große Mühe, wieder auf die Beine zu kommen. Siegesgewiss sage ich zu Max: »Jetzt hast du verloren, Mabus.«

Das Beben wird stärker. Um noch mehr Zerstörung zu verhindern, kämpfe ich mich bis zum Schädel vor. Ich werfe mich auf den Boden und versuche ihn aus der magischen Fassung herauszubekommen. Es klemmt ein bisschen, doch mit ein paar Drehungen löst er sich. Das Beben und die Wiedervereinigung der Kontinente kann somit verhindert werden. Als ich mich umdrehe, muss ich zu meinem Bedauern feststellen, dass Max geflohen ist.

Balga'in ist immer noch nicht ganz auf den Beinen. Ich helfe ihm und bedanke mich: »Vielen Dank für deine Hilfe, du hast die Welt gerettet. Aber wie hast du es geschafft, wieder zu laufen?«

Erschöpft antwortet er: »Anfangs war es eher ein Kriechen, dann versuchte ich mich aufzurichten. Das Beben der Erde machte es nicht einfacher. Ich fiel immer wieder hin, bis ich es dann endlich schaffte, mich auf meinen Beinen zu halten.«

Ich stütze ihn noch ein wenig beim Laufen. Den Schädel in meiner einen und Excalibur in der anderen Hand haltend, verlasse ich mit ihm den Raum. Wieder oben an der frischen Luft angekommen, sehen wir die Verwüstung, die das Drücken des Pangäa-Knopfes verursacht hat. Alle Steine des Monuments sind umgefallen, die ganze Landschaft wurde auseinandergerissen und die meisten Häuser sind eingebrochen. Es ist ein schrecklicher Anblick. Zum Glück ist unser Auto unversehrt geblieben. Ich begleite Balga'in zum Wagen, dort können wir endlich einmal durchatmen. Nachdem wir uns ein bisschen erholt haben, fahren wir los. Wir beschließen, Richtung London zu fahren, besser gesagt zu dem, was davon noch übrig ist. Vielleicht ist von dort aus eine Kommunikation mit anderen möglich.

Der Highway ist sehr schwer befahrbar, deshalb kommen wir auch nur schleichend voran. Nach einer Weile des Schweigens stelle ich meinem Retter eine Frage: »Was hat dich eigentlich dazu bewogen, mich zu retten, obwohl du zuvor noch den Tod wolltest?«

Balga'in zögert einen Moment. »Ich habe mich an den Tag erinnert, als die Templer das Dorf überfallen haben und die Dorfbewohner mich beschützen wollten. Obwohl sie wussten, dass sie den Angreifern unterlegen waren, kämpften sie für mich. Ich bin es der Menschheit oder wenigstens einem Teil davon schuldig, sie zu retten. Ich verfluchte die ganze Menschheit dafür, dass ich von ihnen so lange gefangen gehalten wurde. Es ist aber falsch, alle dafür zu verurteilen. Ich habe gesehen, wie du dich ganz alleine diesem Kerl gestellt hast, um das Ende aufzuhalten. Das hat mir gezeigt, dass es noch Gutes gibt, wofür es sich lohnt, zu kämpfen. Die lange Isolation hat mich sehr verändert. Zuerst wollte ich mich in den Drachen verwandeln, aber allem Anschein nach hatte ich nicht mehr die Kraft dazu. Es ist einfacher, wieder laufen zu lernen, als sich in einen Drachen zu verwandeln.« Ein Lächeln huscht mir über mein Gesicht, dann konzentriere ich mich wieder voll auf die Straße.

Nach kurzer Zeit kommt mir doch noch eine Frage in den Sinn, die mich schon länger beschäftigt: »Du, sag mal, sagt dir der Name Anunnaki etwas?«

Er überlegt kurz und antwortet: »Nein, noch nie gehört, wer ist das?«

Ich überlege, wie ich antworten soll, und erkläre ihm dann: »Ach, es ist nichts weiter, ist nicht wichtig.«

Trotzdem finde ich es merkwürdig, dass dieser geheimnisvolle Fremde aus der Wüste Balga'ins Name wusste. Dazu hat er mir aufgetragen, ihn mit zum Tor zu nehmen. Ist er ein Freund oder ein Feind? Ist es eine Falle? Alles unbeantwortete Fragen, die mir im Kopf herumschwirren.

Alte Freunde, alte Feinde

Nach einer halben Ewigkeit erreichen wir London. Von Weitem schon ist zu erkennen, dass große Teile der Stadt zerstört sind. In den Straßen der ehemaligen Weltmetropole herrscht das pure Chaos, Gebäude und Monumente stehen in Flammen. Dazwischen versuchen die Menschen ihr Hab und Gut zu retten, und helfen sich gegenseitig. Mitten auf der Straße halte ich an, denn ich habe gefunden, wonach ich gesucht habe: eine der typischen Londoner Telefonkabinen. Zum Glück habe ich mir die Nummer von Alex auf einem Zettel notiert. Ich wähle und warte und warte. Es dauert zwar eine Weile, doch dann nimmt Alex endlich ab. Ich bin noch nie so froh gewesen, ihre Stimme zu hören. Ich erzähle ihr, was geschehen ist, und erkundige mich, was es Neues bei ihr gibt. Wie sie berichtet, herrscht auch in Amerika große Verwüstung. Wir fassen uns kurz und beschließen, dass sie und die Illuminaten zu uns kommen. Sie verfügen noch über ein intaktes Flugzeug, das im Besitz ihrer Familie ist.

Vier Tage später sind wir alle vereint, ich, Alex, Mike und noch fünf weitere Mitglieder der Illuminaten. In der Stadt ist allmählich der Alltag eingekehrt. Sie ist zwar noch stark beschädigt, aber die Menschen haben die Straßen einigermaßen fahrtüchtig gemacht und ihre Geschäfte wiederaufgebaut. Überall sind Baumaschinen zu sehen und die Menschen helfen sich gegenseitig, ob alt oder jung, arm oder reich. Die ganze Zerstörung hatte somit doch etwas Gutes. Endlich ist man bereit, zusammen etwas Neues aufzubauen. Am schnellsten wurden die Kneipen und Bars wieder eingerichtet, denn es ist wichtig, dass es Plätze gibt, wo man besprechen kann, wie es weitergehen soll.

Auch wir planen unser weiteres Vorgehen in einer Kneipe. In einem Rucksack habe ich den Alpha-Schädel dabei, in einer separaten Tasche schleppe ich das Schwert mit. Die anderen sind ebenfalls mit Rucksäcken unterwegs, in denen sich unter anderem Waffen, Funkgeräte und natürlich der Kristallschädel, welchen wir aus dem Weißen Haus haben mitgehen lassen, befinden. In einer Bar namens Pickwick bestellen wir uns ein typisch englisches Bier. Die Besprechung halten wir an einem runden Tisch ab.

»Also, wie sieht der Plan aus?«, eröffne ich das Gespräch. Alex antwortet zuerst: »Ich schlage vor, dass wir uns so schnell wie möglich zum Tor begeben. Den Weg kennen wir ja. Bringen wir die letzten beiden Schädel dorthin und versiegeln den Teufel für immer, so wie es Merlin gewollt hat. Wir fliegen dahin und erfüllen Merlins Plan. Wir verschließen den Eingang zum Tor, so dass es für Sterbliche nicht mehr zugänglich ist.«

Ein Mann namens Roman Above wirft jetzt seinen Hut in den Ring und sagt: »Aber wir haben doch gesehen, dass dieser Schädel eine unendlich große Energiequelle darstellt. Warum verwenden wir ihn nicht, um einige schwerwiegende Probleme dieser Welt zu lösen?«

Fast schon energisch reagiert Alex darauf: »Nein, der Schädel ist in dieser Welt nicht sicher. Er muss von hier verschwinden. Die vier Reiter dürfen ihn auf keinen Fall in ihre Hände kriegen. Wir müssen auf dem schnellsten Weg zum Tor!«

Plötzlich wird unsere Diskussion unterbrochen. Von der Straße her ertönt ein lauter Knall. Es hört sich an wie ein Schuss. Geduckt gehen wir zum nächsten Fenster und spähen hinaus. Mit Schreck müssen wir feststellen, dass da draußen die vier Reiter und ein Dutzend bewaffnete Nazi-Schergen stehen. Vor ihnen knien ungefähr ein Dutzend Zivilisten, darunter auch Kinder, die ihre Hände hinter ihren Köpfen verschränkt haben. Die Frauen und Kinder weinen und haben große Angst, denn die Waffen zielen auf die Köpfe dieser armen Menschen.

Einer der vier Reiter tritt vor, er weiß offenbar, dass wir in dieser Bar sind, denn er richtet das Wort direkt an uns: »Kommt raus, sonst werden wir diese Leute hier alle hinrichten!« Wir schauen uns an und entscheiden, dass wir fürs Erste mit unseren Waffen vorsichtig hinausgehen werden. Wir bewegen uns in Richtung Ausgang. Die anderen Gäste haben sich aus Furcht unter den Tischen versteckt. Alex öffnet vorsichtig die Tür und wir folgen ihr nach draußen. Die Waffen sind immer noch auf die Zivilisten gerichtet, welche auf dem Gehweg knien, und nicht auf uns. Der Redner von vorhin kommt auf uns zu und hält zwei Meter vor uns an. Er setzt seine Sonnenbrille ab und sagt in ernstem Ton: »Ihr gebt uns jetzt die beiden Schädel, den Stein der Weisen und das verdammte Schwert. Ich sage es kein zweites Mal. Dann werden wir diese Menschen laufen lassen!«

Mike erwidert mutig: »Wie zum Teufel habt ihr uns gefunden?«

Er antwortet: »Wir haben nach wie vor überall auf der Welt unsere Handlanger, so auch hier in London. London hat die meisten Videokameras und ist somit die am besten überwachte Stadt der Welt. Einer unserer Agenten hat bei den Aufnahmen gut aufgepasst und euch aufgespürt. So war es ein Leichtes, euch zu finden. Aber jetzt genug der Worte, gebt uns, was wir wollen!«

Alle starren mich an. Ich halte das Schwert in der Hand und habe den Schädel in meinem Rucksack. Was soll ich tun? Mein Blick bleibt an einem kleinen Mädchen hängen, das ein verweintes Gesicht hat. Ich kann doch so ein kleines Mädchen nicht sterben lassen. Andererseits darf ich das Schicksal der Menschheit nicht von einem einzigen Menschenleben abhängig machen. Diese Tatsache darf ich nicht außer Acht lassen. Ich ergreife das Wort.

»Unsere Antwort ist nein. Wir werden es nicht zulassen, dass ihr diese Macht noch einmal bekommt!«

Gleich nachdem ich den Satz beendet habe, entleeren die Nazis ihre Magazine auf die armen Zivilisten. Wir schließen die Tür und verschanzen uns wieder in der Bar. Wir beobachten, was draußen geschieht. Die Soldaten schreiten über die toten Körper hinweg. In Reih und Glied stehen sie draußen, ihre Waffen auf die Bar gerichtet. Wir machen uns kampfbereit. Auf einmal hören wir lautes Hupen. Wir werfen einen Blick auf die Straße und sehen, dass ein großer Lastwagen mit voller Geschwindigkeit angerast kommt und unsere Angreifer ungebremst überfährt.

Vor Schreck weichen wir zurück. Wenige Augenblicke später öffnen wir die Tür und gehen vorsichtig hinaus. Alle Nazis sind tot und die vier Reiter stehen auf der anderen Straßenseite, sie sind ebenfalls völlig perplex. Der Lkw hat nach ungefähr fünfzig Metern angehalten. Wir stehen nun alle auf dem Fußgängerweg und schauen zu dem Fahrzeug, dessen Fahrer uns gerettet hat.

Die Fahrertür geht auf und ein Mann steigt torkelnd heraus. Er fällt zu Boden, rappelt sich aber sogleich wieder auf. Er schaut sich um und sein Blick bleibt an uns hängen. Dann nimmt er einen Gegenstand aus seiner Tasche und rennt oder besser gesagt sprintet auf uns zu. Je näher er uns kommt, desto sicherer sind wir, dass es Max Mabus ist. Wir erkennen ihn auch gleich an seinem angsteinflößenden Lachen. Alex und die anderen richten ihre Waffen auf ihn. Aber auf einmal wirft sich Max auf den Boden. Offenbar hat er wieder einen seiner inneren Kämpfe. Er windet sich vor einer hölzernen Parkbank, legt dann seinen Arm auf die Bank und sticht sich der anderen Hand mit dem Messer durch seine Hand, er durchbohrt sie und nagelt sich so fest. Er schreit vor Schmerzen auf, schaut zu uns rüber und ruft: »Fesselt mich, ich kann ihn nicht mehr lange kontrollieren!«

Ohne lange zu überlegen, holt Alex ein Seil aus ihrem Rucksack und geht auf Max zu. Sie nimmt seinen rechten Arm, legt ihn hinter seinen Rücken und zieht das Messer aus seiner Hand. Max schreit laut auf. Alex fesselt ihn und hält ihn fest, während Mike und die anderen zur anderen Straßenseite laufen und die vier Reiter festbinden. Da sie weder sterben noch Schmerzen empfinden können, würde es wohl nichts bringen, ihnen in den Kopf zu schießen.

Alle fünf bringen wir anschließend auf eine Polizeistation, die zum Glück nicht zerstört worden ist, und erklären den dortigen Beamten die Lage. Wir sind froh, dass alle fünf dort eingesperrt werden können. Als wir das Polizeigebäude verlassen, hören wir Max noch brüllen: »Es ist noch lange nicht vorbei. Ich werde euch alle vernichten, wartet nur ab, das Ende ist nah!« Ohne auf das Geschrei einzugehen, verlassen wir das Gebäude.

Draußen stellt sich Alex vor uns hin und sagt mit ungeduldiger Stimme: »So nun haben wir keine Zeit mehr zu verlieren. Lasst uns so schnell wie möglich zum Flugzeug gehen und dann mit Hilfe der Karte zum Tor!«

Mir stockt der Atem bei dem Wort »Karte«, denn ich habe die Karte ja im Schloss verloren, als ich vor Max geflohen bin. Ich erzähle den anderen also gleich von deren Verbleib. Dann machen wir uns auf dem schnellstem Weg mit drei Autos auf zum Schloss.

Das Anwesen ist nach wie vor verlassen. Es riecht nach verbranntem Holz. Die Tür steht immer noch offen und wir treten ein. Im Inneren des Hauses ist der Gestank sogar noch stärker. Gleich nach dem Eintreten erblicke ich die Karte, die noch am selben Ort am Boden liegt. Ich nehme sie auf und verstaue sie sicher in meinem Rucksack. Mike geht ein paar Schritte weiter in einen anderen Raum, der vor ein paar Tagen noch in Flammen stand. Nach einigen Sekunden ruft er uns zu sich. Wir folgen ihm in den verkohlten Raum. Zuerst sehen wir viele Bücherregale, die von den Flammen beinahe vollständig vernichtet worden sind. Von den Gemälden und Statuen, die ebenfalls dort standen, sind einige vollständig zerstört worden, während andere unbeschädigt geblieben sind. Mike steht ein paar Meter vor uns an einem Tisch. Zu unserem Erstaunen erblicken wir darauf so etwas Ähnliches wie eine Laboranordnung mit Dutzenden Reagenzgläsern, diversen Flüssigkeiten und Proben. Es gibt noch einen kleinen Raum mit einer Fensterscheibe davor. In diesem befinden sich eine Kamera und ein kleiner Tisch mit einem Computer. Auf der Schutzscheibe des Raumes ist etwas mit Blut geschrieben worden. Wahrscheinlich steckt wieder Max dahinter. Es steht dort: »Ihr habt es nicht gefunden.«

»Was meint er damit?«, fragt Mike. Wir haben alle keine Antwort darauf.

Alex drängt: »Kommt schon, Leute, das ist doch jetzt vollkommen egal, was so ein Psychopath auf eine Scheibe geschrieben

hat. Wir sollten langsam gehen, wir haben ja jetzt die Karte.«
Wo sie recht hat, hat sie recht. Wir verlassen das etwas gruselige
Anwesen.

Der Weg in den Tod

Wir sind nun auf einem kleinen Flugplatz außerhalb der Stadt angekommen, wo das Flugzeug von Mike und den anderen steht, und bereiten uns auf den Start vor. Ich stehe mit Balga'in gerade ein bisschen abseits und unterhalte mich mit ihm. Ich erzähle ihm so ziemlich alles, was in den letzten Wochen passiert ist. Die Begegnung mit diesem Anunnaki aber verschweige ich, denn dieser sagte mir ja, dass ich Balga'in zum Tor mitnehmen soll. Balga'in braucht einige Zeit, um meine Erzählungen zu verdauen. Vor allem bereitet ihm Schwierigkeiten, dass die Welt heute ziemlich anders aussieht als zu seiner Zeit. Ich frage ihn, ob er uns begleiten möchte. Balga'in überlegt kurz und antwortet: »Warum soll ich mitkommen? Ihr braucht mich ja nicht mehr, dies ist jetzt eure Mission.«

Irgendwie habe ich aber das Gefühl, dass er dabei sein müsse, und das nicht nur, weil es mir der Fremde in der Wüste gesagt hat. Ich hake also nach: »Aber du hast doch niemanden mehr in dieser Welt. Zudem hast du kein Zuhause und keinen Platz, wo du hingehen kannst. Komm doch mit uns, du kennst uns ja mittlerweile. Nach unserer Mission finden wir dir einen Platz, wo du hingehörst.« Meine Hartnäckigkeit hat Erfolg und ich kann Balga'in überzeugen.

Alex drängt uns, endlich einzusteigen, damit wir starten können. Wir schnallen uns an, Mike und der Pilot sitzen im Cockpit. Wir heben ab und nehmen Kurs Richtung Amerika, denn laut der Karte liegt der Eingang zum Tod irgendwo in der Nähe von Miami. Während des Fluges studiere ich die Karte, die ich eigentlich noch nie genau angeschaut habe, seit Merlin sie mir übergeben hat. Sie ist nicht einfach zu lesen. Einerseits erkennt man Miami als Großansicht von oben, wobei außerhalb der Stadt ein rotes Kreuz angebracht worden ist. Andererseits gibt es eine Großansicht des Gebietes, auf das das rote Kreuz hinweist. Allem Anschein nach handelt es sich um ein Sumpfgebiet, in dem ein

Pfad eingezeichnet wurde, der bis ans Meer führt. Dort, wo der Weg ins Meer mündet, befindet sich abermals ein rotes Kreuz. Auf der Rückseite der Karte geht es weiter mit verschiedenen Zeichnungen. Man erkennt eine Treppe, dann eine Röhre, die wahrscheinlich einen Gang darstellt. Zudem gibt es eine große Halle, neben der sich links und rechts wellenförmige Striche befinden. Und dann noch eine Ansicht von einem Tor, unserem Ziel. Noch zu erwähnen ist, dass auf der Vorderseite Koordinaten stehen, wo unser Zutritt zu diesem Gebiet beginnen soll. Nach all den Anstrengungen falle ich irgendwann in einen tiefen Schlaf.

Ich sehe unendliche Weiten von Grasfeldern, nichts außer Gras, mit blauem Himmel und einer grellen Sonne darüber. Ich schaue mich um. »Bald hast du es geschafft, Linus«, spricht eine mir vertraute Stimme hinter mir. Ich drehe mich um und sehe Merlin. Er sieht genauso aus, wie ich ihn in Erinnerung habe. Er blickt mich mit einem vertrauten Lächeln an. Anscheinend befinde ich mich in einem Traum und habe Kontakt mit dem Totenreich. Beschämt ergreife ich das Wort und sage: »Merlin, ich habe zwar die letzten Schädel, aber zu was für einem Preis ich sie bekommen habe, ist enorm. Ein globaler Krieg wurde deswegen entfacht, die Welt wurde beinahe vernichtet und unzählige Menschen wurden getötet.« Merlin hat immer noch sein Lächeln aufgesetzt und tröstet mich mit den Worten: »Ich glaube, wenn du nicht gewesen wärst, hätte es einen weit größeren Schaden gegeben. Viele Menschen verdanken dir ihr Leben.« Ich fange an zu weinen und lege mein Gesicht in meine Hände. Ich weiß auch nicht genau, warum ich so emotional werde. Vielleicht sind es Merlins tröstende Worte. Das ganze Leid, das ich mit ansehen musste, war einfach zu viel für mich. Ich wische mir die Tränen aus dem Gesicht und schaue wieder zu Merlin. Aber plötzlich verfärbt sich der gerade noch blaue Himmel schwarz. Hinter Merlin steht auf einmal ein großer Spiegel. Er ist ungefähr zwei Meter hoch und steht einfach nur da. Merlin scheint ihn gar nicht zu bemerken. Es fängt an zu donnern und Blitze zucken vom Himmel. Auch aus dem Spiegel bricht ein grelles weißes

Licht hervor, das mich so blendet, dass ich mir die Augen verdecken muss …

Als ich sie wieder öffne, stelle ich fest, dass ich mich wieder im Flugzeug befinde. In dem Fenster zu meiner Linken geht gerade die Sonne auf, die mich blendet. Ich klappe die Blende herunter und reibe mir die Augen. Meine Uhr zeigt mir an, dass wir nun schon etwas mehr als neun Stunden unterwegs sind. Eigentlich müssten wir unser Ziel bald erreicht haben. Die anderen im Flugzeug schlafen noch. Ich verbringe die weitere Zeit mit dem Studieren der Karte.

Etwa eine Stunde später ertönt die Stimme des Piloten: »Leute, ich habe einen etwas abgelegenen Privatflugplatz gefunden. Wir werden in Kürze dort landen, also schnallt euch wieder an.« Bald ist alles vorbei, denke ich mir und bin auch sehr froh darüber.

Nachdem wir gelandet sind, machen wir uns erst einmal auf die Suche nach einem Fahrzeug. Wie wir von oben sehen konnten, gibt es auch hier immer noch sehr viele Schäden vom Krieg und der Alltag ist noch lange nicht wieder eingekehrt. Wir laufen also etwa einen Kilometer und finden abseits der Straße einen verlassenen Geländewagen. Er wurde allem Anschein nach während der großen Katastrophe hier abgestellt. Alex öffnet den nicht abgeschlossenen Wagen und setzt sich sogleich auf den Fahrersitz. Sie zückt ein kleines Messer, steckt es ins Zündschloss und siehe da, der Wagen läuft. Wir steigen alle ein. Mit der Karte in den Händen sitze ich auf dem Beifahrersitz. Wir finden den Weg, der uns zum Tor führt.

An einer Tankstelle füllen wir Benzin auf und besorgen uns etwas zu essen. Nach zwei Stunden Weiterfahrt erreichen wir einen Wald. Gemäß der Karte müssen wir durch diesen hindurch, doch die Bäume stehen so dicht zusammen, dass wir zu Fuß weitergehen. Wir verlassen also das Auto und schlagen uns durch das Dickicht. Zum Glück spielt das Wetter mit, es sind angenehme 23 Grad. Wir durchqueren diesen Wald, in dem es keinen Fußweg gibt. Die Karte ist zwar nicht sehr genau, aber es gibt gewisse Punkte, an denen ich mich orientieren kann.

Seit Stunden laufen wir nun schon durch dieses Dickicht. Mit jedem Meter wird der Boden matschiger, bis wir uns durch einen regelrechten Sumpf kämpfen. Wir werden langsam ungeduldig, da der Weg kein Ende nimmt, zudem waten wir bis zu den Knien im Wasser. Wir kämpfen uns erschöpft weiter, bis wir das Rauschen der Brandung hören und schließlich eine kleine Lichtung am Meer erreichen, die sich ebenfalls unter Wasser befindet, aber wir spüren unter unseren Füßen jetzt keinen Schlamm mehr, sondern einen zwar glatten, aber festen Untergrund. Man kann erkennen, dass es weiße Steine sind. In der Mitte dieser Lichtung ist es sehr dunkel – das muss der Eingang sein! Ich vergleiche das Gelände noch einmal mit meiner Karte. Am Ende des Weges ist dort etwas eingetragen, das aussieht wie eine Abflussrohrleitung. Der Eingang hat sich offenbar über die Jahrhunderte durch das Ansteigen des Wassers verändert und ist nun nicht mehr so leicht zugängig wie damals, als Merlin ihn gefunden hat. Um weiterzukommen bleibt uns nichts anderes übrig, als zu tauchen. Wir besprechen das weitere Vorgehen. Da wir uns nicht sicher sind, wie tief wir tauchen müssen, suchen wir uns Steine, die wir in unsere Rucksäcke packen, um schneller zu sinken.

Es wird nicht einfach werden. Wir präparieren uns daher alle bestmöglich für den Tauchgang. Ich stelle mich an den Rand des Loches in das Wasser. Um meinen Bauch habe ich eine Tasche gebunden, in der ich den Schädel verstaut habe. Auf meinem Rücken habe ich den mit Steinen beladenen Rucksack und in meiner Hand halte ich Excalibur. Ich mache den Anfang. Ich springe ins Wasser und lasse mich nach unten sinken. Das Wasser ist sehr kalt und trüb. Nach wenigen Sekunden berühre ich den Boden, es ist vielleicht fünf Meter tief hier. Ich ziehe meinen Rucksack aus und schwimme ein wenig geradeaus. Es wird immer dunkler und ich fange langsam an wiederaufzutauchen. An der Oberfläche angekommen, finde ich mich in der Dunkelheit wieder. Ich werfe den Schädel und das Schwert ans Ufer, greife mit meinen Händen nach vorne und ziehe mich an Land. Der Untergrund, auf dem ich mich jetzt befinde, besteht wie der draußen aus weißen Steinen. Aus meiner Bauchtasche krame ich eine Taschenlampe hervor und erleuchte den Raum. Die Decke sieht natürlich aus, sie ist knapp zwei Meter hoch. Vor mir befindet sich ein langer schmaler Gang, dessen Ende ich nicht sehen kann. Es dauert nicht lange und Alex taucht neben mir auf. Ich reiche ihr die Hand und ziehe sie aus dem Wasser. Nach und nach folgen die anderen. Jeder hat seine Lampe eingeschaltet und wir machen uns auf den Weg ins unbekannte Dunkel.

Der Weg führt leicht bergab und je tiefer wir kommen, desto enger wird es. Bald müssen wir hintereinander laufen. Wie auf der Karte beschrieben, kommen wir zu einer Treppe. Diese führt steil abwärts und man kann sich nirgends festhalten. Meter um Meter geht es in die Unterwelt und der Weg nimmt einfach kein Ende. Irgendwann müssen wir eine Pause machen, um wieder zu Kräften zu kommen. Als wir uns wieder auf den Weg machen, wird es nach einer Weile ebener. Ungefähr hundert Meter vor uns erblicken wir ein Licht, das den engen Gang, in dem wir uns befinden, ein wenig beleuchtet. Neugierig gehen wir darauf zu und finden uns in einer Art Halle wieder. Die Lichtquelle ist an der Decke positioniert. Die Decke besteht aber aus Wasser, was uns sehr erstaunt. Es ist genauso, wie es Merlin beschrieben hat. Das Wasser fällt nicht herunter, sondern wird von irgendeiner Kraft festgehalten. Und die vermeintliche Lichtquelle ist die Sonne. Es ist unbeschreiblich schön. Man befindet sich direkt im Ozean, die ganze Unterwasserwelt spielt sich vor unseren Augen ab. Ich erkenne sogar Ruinen aus weißem Stein. Das müssen die Überreste von Atlantis sein. Es muss eine sehr schöne Stadt gewesen sein. Zwischen den Ruinen mache ich ein gewaltiges Schiff aus. Das muss die legendäre Arche Noah sein, welche Merlin mit seinem Stein erschaffen hat. Das Schiff ist in der Mitte entzweigebrochen und auf seiner Oberfläche haben sich Korallen und andere Heerespflanzen angesiedelt. Es sieht sehr imposant aus.

»Leute, schaut mal her, ich hab es gefunden!«, ruft Mike. Gespannt gehen wir zu ihm. Und tatsächlich, er hat das Tor entdeckt! Es ist so unbeschreiblich schön, wie Merlin es beschrieben hat, und schillert wie Öl im Wasser. Die Farben sind immer in Bewegung und schwirren unkontrolliert umher. Neugierig halte ich meine Finger an das Tor. Es ist so glatt wie eine Porzellanvase und sehr massiv, aber man kann nicht durch es hindurchgreifen. Ich hole den Stein der Weisen hervor und versuche das Tor mit ihm zu öffnen, so wie Merlin es mir erklärt hat. Ich halte ihn auf den Farbenteppich und wie von Zauberhand bleibt er im Tor stecken. Um den Stein herum bildet sich ein weißes Licht.

Der Betrug

Das gesamte Tor ist jetzt von dem hellen Licht erleuchtet. Wir schauen uns an und ich denke, dass ich den ersten Schritt ins Totenreich machen werde. Ich drehe mich wieder zum Licht und mache mich auf den Weg. Doch plötzlich legt sich ein Arm von hinten um meinen Hals und würgt mich. Der Griff ist sehr stark. Ich lasse mein Schwert und die Schädel fallen und versuche, mich mit beiden Händen zu befreien. Aber meine Bemühungen sind vergebens. Die Person, die mich würgt, dreht mich zu den anderen herum. Die Einzige, die ich nicht sehen kann, ist Alex. Ich bin schockiert. Was passiert hier gerade? Was tut Alex da?

»Nun ist es an der Zeit, uns zu trennen, Jungs«, sagt sie mit ernstem Ton und richtet mit der freien Hand ihre Waffe auf die anderen.

Ich schreie: »Nein, tu das nicht!«

Aber zu spät. Alex feuert auf die völlig überraschten Kameraden. Sie erschießt alle, ohne Ausnahme. Ich bin fassungslos. Meine Freunde, Mike, Balga'in und alle anderen, liegen schwer verwundet oder gar tot am Boden und ich bin völlig machtlos. Alex nimmt das Schwert auf und dreht mich wieder herum. Sie drängt mich zum Tor und ehe ich mich versehe, sind wir auf der anderen Seite. Zwischen den Welten erlebe ich so etwas wie eine spirituelle Erfahrung. Ich sehe den Anfang des Universums, die Entstehung des Lebens. Aber im nächsten Moment finde ich mich in einer ganz anderen Welt wieder, in der toten Welt. Es ist eine Welt fernab aller Logik und Physik. Es gibt kein oben und kein unten. Ich sehe unterschiedlichste Welten. Einerseits Felder, andererseits das Innere eines Hauses. Ganze Städte sind zu sehen, zusammen mit Menschen und Tieren aus allen Zeiten und Epochen und aller Welt. Aber mir bleibt keine Zeit zum Weiterstaunen, denn Alex richtet ihre Waffe auf mich. Sie nimmt den Stein an sich und befiehlt mir, geradeaus zu laufen, denn wie es aussieht, gibt es hier nur einen Weg, dem man folgen kann. Ich drehe mich zu ihr um und frage sie verzweifelt: »Alex, was soll das? Was hast du vor?« Ohne Vorwarnung formt sie ihre Hand zu einer Faust und schlägt mir damit ins Gesicht. Ich falle zu Boden. Sie hat einen eiskalten Blick aufgesetzt und befiehlt mir: »Halt dein Maul und mach, was ich dir sage!« Ich rapple mich wieder auf und laufe in die von ihr gewünschte Richtung.

Wir kreuzen die Wege vieler Seelen, aber wie Merlin mir erzählt hat, können sie uns weder sehen noch hören. Alex weiß allem Anschein nach genau, wo sie hinwill. Nach einer Weile verändert sich die Beschaffenheit des Bodens, er besteht jetzt aus weißen flachen Steinen. Vor uns erblicke ich den von Merlin beschriebenen versiegelten Schrein, in dem bereits elf Kristallschädel versiegelt liegen. Das Gebilde besteht aus Metall, zumindest sieht es so aus, es ist etwa zwei Meter groß und versehen mit 13 Versenkungen, in denen sich die Schädel befinden.

Gleich neben dem Schrein steht eine Person. Ich traue meinen Augen nicht, es ist Merlin! Er schaut mich genau so an wie in dem Traum, den ich hatte. Aber irgendetwas ist komisch an der Sache. Er schaut zwar so, als würde er uns auch sehen, aber das kann ja nicht sein, weil er tot ist und die Toten die Lebenden nicht sehen können.

»Ich habe dir doch gesagt, dass du es schaffen wirst, Linus«, ruft Merlin mir zu.

Ich bin schockiert über das, was hier gerade geschieht, und wundere mich, warum Alex so ruhig bleibt. Wir gehen direkt auf Merlin zu und halten vor ihm an. Alex macht jetzt endlich ihren Mund auf und sagt: »Dein Plan ist aufgegangen, Merlin. Alles ist so geschehen, wie du es vorausgesagt hast, mit ein paar kleinen Ausnahmen.« Jetzt bin ich noch mehr verwirrt. Alex nimmt die Waffe von meinem Kopf und wirft Merlin den Stein zu. Er fängt ihn mit einer Hand auf und sie schubst mich in seine Richtung. Ich drehe mich um und schaue in Alex' lächelndes Gesicht. Dann drehe ich mich wieder zu Merlin um und frage: »Was soll das hier alles?«

Merlin lacht nur und legt seine Hand auf meine Schulter. Ich kann sie spüren, das bedeutet, dass er tatsächlich physisch hier anwesend ist. Er spricht: »Ach Junge, du warst nur ein Teil meines Plans.«

Ich unterbreche ihn und schreie ihn an: »Was für ein Plan? Jetzt erzähl mir endlich von deinem – oder besser gesagt von eurem Plan. Denn offenbar steckt ihr beide unter einer Decke!«

Er nimmt seine Hand von meiner Schulter, läuft unruhig hin und her und beginnt zu erzählen. »Also Linus, zuerst einmal erkläre ich dir, warum du mich sehen kannst und warum ich hier bin. Ich habe dir erzählt, dass ich mir selbst das Leben nehmen werde. Das ist auch richtig so. Was ich dir aber nicht erzählt habe, ist, dass ich zuvor vom Stein der Weisen einen winzigen Teil abgebrochen habe. Dieser kleine Teil steckte in der Kugel, mit der ich mich selbst gerichtet habe. Dieser Teil des Steins hat sich durch den Schuss mit meiner Seele verbunden und mich hierher ins Totenreich gebracht. Ich bin also weder tot noch lebendig. Deshalb kann ich euch auch sehen und berühren. In diesem Zustand kann ich aber das Totenreich nicht verlassen, da die Macht dieses kleinen Teils des Steins, der sich mit meiner Seele verbunden hat, zu schwach ist, das Tor zu öffnen.

Aber nun zu meinem Plan, nach dem du mich gefragt hast. Ich habe vor, das mächtigste Wesen zu werden, das jemals gelebt hat. Da nun der Stein wieder in meinem Besitz ist und du mir die letzten Schädel gebracht hast, kann ich die Kraft der Schädel, die Kraft des Teufels mit meiner verbinden. Mit der kombinierten Kraft ist es mir möglich, hier rauszukommen und mir die Welt untertan zu machen. Ich werde sie formen, wie ich will, jeden Menschen auslöschen, der gegen mich ist, und seine Seele auf ewig quälen. Ich werde über jeden bösen Menschen urteilen und ihn bestrafen. Jeder Mörder, jeder Vergewaltiger, jeder Terrorist und alle anderen Übeltäter werden bestraft. Jeder wird wissen, dass es eine gerechte Macht gibt, die physisch und psychisch im Reich der Lebenden und im Reich der Toten gerechte Urteile fällt. Ich werde die Welt zu einem besseren Ort machen!«

Ich kann meinen Ohren nicht trauen. Er will die Macht des Teufels. Die Macht, die er eigentlich für immer versiegeln wollte, will er mit sich verbinden und eine Art Gott werden. Ich brauche einen Moment, um das zu verarbeiten. Mit einigem Unverständnis frage ich ihn: »Aber warum? Du wolltest doch diese Kraft für immer verbannen. Du hast dich dein ganzes Leben dafür eingesetzt, diese Schädel zu finden. Du hast doch gesehen, zu was dieser in der Lage ist. Und jetzt willst du diese Macht entfachen, das kann doch nicht dein Ernst sein? Woher kommt dieser Sinneswandel?«

Merlin wird ein wenig ernster und erzählt weiter: »Weißt du, Linus, ich bin schon einige tausend Jahre auf dieser Welt. Ich habe jedes Leid dieser Welt gesehen, sei es Krieg, Naturkatastrophen, Krankheiten und viele weitere Grausamkeiten. Ich habe erfahren, wie schrecklich Menschen sein können. Anfangs war es wirklich mein Plan, die Schädel einzusammeln und die Kraft für ewig zu bannen. Aber irgendwann wollte ich mehr Macht. Ich war nur ein einzelner Mensch auf diesem Planeten. Und ein Einziger kann gar nichts ändern an all diesem Leid. Es deprimierte mich, dass ich immer und immer wieder solche tragischen Szenen mit ansehen musste, wissend, dass ich nichts dagegen tun kann. So beschloss ich irgendwann, nach unzähligen Jahrhunderten, diese Welt zu verändern. Der einzige Weg dazu war, die Macht des Teufels zu erlangen, die Macht, die ich auf ewig wegzuschließen geschworen hatte. Was soll ich dazu sagen, Menschen ändern sich nun mal, das lässt sich nicht verhindern.«

Fassungslos sehe ich ihn an und versuche immer noch zu verstehen, warum er das tun will. Ich senke meinen Kopf und fange an zu überlegen. Aus einem Reflex aus drehe ich mich rasch um und entreiße der völlig überraschten Alex das Schwert. Dann drehe ich mich wieder zu Merlin und hole zum Schlag aus. Doch noch bevor ich dazu komme, fliegt Excalibur aus meiner Hand zum einarmigen Merlin hinüber. Offenbar ist die Verbindung zwischen dem Schwert und Merlin so stark, dass nicht einmal die Macht des Alpha-Schädels in meiner Tasche seine Kraft unterdrücken kann.

Merlin hält das Schwert jetzt elegant in seiner Hand und bewundert es. Mit einem siegreichen Lächeln richtet er es auf mich und sagt: »Gib mir die Schädel, mein Junge, es ist vorbei.« Ich schüttle den Kopf, obwohl ich genau weiß, dass ich keine Chance habe. Da kommt Alex von hinten, greift nach meiner Tasche und nimmt die Schädel an sich. Ich falle zu Boden und frage noch: »Und was hat Alex mit der ganzen Sache zu tun? Offenbar wusste sie von Anfang an Bescheid.«

Merlin antwortet darauf: »Ich brauchte jemanden, dem ich vertrauen kann. Über all die Jahre habe ich niemanden kennengelernt, der so loyal und diskret ist wie sie. Ich habe ihr versprochen, dass ich sie für ihre Dienste reichlich belohnen werde in der neuen Welt, die ich erschaffen werde. Zudem habe ich ihr nahegelegt, dass sie dich beschützen soll, weil du so ziemlich der Einzige bist, der mir die Schädel bringen konnte. Sie hatte schon unzählige Einätze, unter anderem im Irak, war bei den Special Forces und bei der CSI. Es gab also niemanden, der fähiger ist als sie.«

Merlin weist Alex an, die Schädel zum Schrein zu bringen. Den Alpha-Schädel platziert sie auf der oberen Fläche und den anderen in der letzten freien Stelle. Der Schrein beginnt zu pulsieren und bebt ein wenig. Das Spektakel dauert jedoch nur wenige Sekunden, dann erstarrt er. Merlin schreitet triumphierend zum Schrein hinüber. Er steckt das Schwert in den steinernen Boden und nimmt den Stein der Weisen hervor, den er vorher in seiner Jackentasche verstaut hatte. Er drückt den Stein an den Schrein und spricht: »Und nun wird es beginnen, der Anfang vom Ende!«

Der Boden beginnt zu beben. Ich kann beobachten, wie sich die Schädel langsam schwarz färben und pechschwarzer Rauch aus ihnen hervordringt. Dieser bewegt sich auf Merlin zu, der immer noch den Stein festhält. Nun beginnt sich Merlin komplett weiß zu färben, dann wird er zu weißem Rauch und verbindet sich mit dem schwarzen Rauch. Es entsteht eine weiß-schwarze Kugel, die in der Luft schwebt. Als der Stein neben dem leeren Schrein zu Boden fällt, bemerke ich, dass ein paar Meter hinter Merlin eine Art Spiegel steht. Es ist der aus meinem Traum. Die Kugel fängt an, eine menschliche Form anzunehmen. Danach wird aus der schwarz-weißen Masse mit menschlicher Silhouette wieder der Merlin von vorhin. Er steht genauso da wie zuvor, auch optisch hat er sich überhaupt nicht verändert. Er trägt immer noch dieselben Kleider, auch hat er weiterhin nur einen Arm.

»Hat es funktioniert?«, fragt Alex ihn ganz aufgeregt. Für einen Augenblick steht Merlin einfach nur still da und atmet ruhig ein und aus. Mit einem schmerzerfüllten Gesicht schaut er uns an. Auf einmal wächst da, wo früher sein abgetrennter Arm war, eine schwarze Masse aus seinem Körper heraus, die sich zu einem Arm entwickelt. Merlin fällt auf seine Knie und beginnt zu lachen: »Endlich, endlich habe ich die Macht, die mir schon lange zusteht!« Er steht wieder auf und sagt zu uns: »Jetzt wollen wir doch einmal testen, was ich mit meinen neu gewonnenen Kräfte so alles anstellen kann.«

Sein schwarzer Arm nimmt wieder eine Rauchform an, die größer und größer wird. Die schwarze Masse kommt auf uns zu und ich denke, jetzt wird er mich töten. Ich schließe meine Augen und warte auf das Ende. Aber ein lauter Schrei lässt mich meine Augen wieder öffnen. Ich sehe, wie der schwarze Rauch, der aus Merlin herausströmt, Alex in der Luft hält.

Sie schreit: »Was soll das, Merlin, warum ich? Dank mir hast du die Schädel bekommen, also bitte lass mich los!«

Im nächsten Augenblick umhüllt die schwarze Masse Alex komplett. Ich höre sie nur noch schreien, bis ein lautes Knacken den Lärm beendet. Der Rauch zieht sich wieder in seinen Besitzer zurück und ein toter Körper fällt auf den Boden. Ich knie neben Alex, um ihr zu helfen, aber keine Chance, der schwarze Rauch hat ihren ganzen Körper zerbrochen. Im nächsten Moment kann ich beobachten, wie etwas aus ihrem toten Körper entweicht. Es muss wohl ihre Seele sein, denn sie sieht exakt so aus wie Alex. Sogar ihre Kleidung ist unverändert.

»Alex?«, frage ich sie.

Ihre Seele kann mich nicht hören. Sie schaut ängstlich zu Merlin und fragt: »Warum hast du mich getötet?«

Lachend antwortet Merlin: »Tja, irgendeiner musste das Versuchskaninchen sein, an dem ich meine Kraft ausprobiere. Ach ja, wenn wir schon dabei sind, möchte ich gleich noch etwas anderes ausprobieren.«

Nach diesem Satz schießt die schwarze Masse wieder aus seinem Arm heraus und durchbohrt jetzt auch Alex' Seele. Sie schreit kurz auf und fängt danach an zu verblassen. Sie löst sich auf. Er hat ihre Seele einfach so ausgelöscht. Anscheinend ist er auch mit seinen Verbündeten absolut skrupellos, oder die Macht des Teufels färbt ein wenig auf ihn ab.

Der wahre Feind

Merlin fängt an, sich komplett in dunklen Rauch zu verwandeln. Es entsteht ein gigantisches schwarzes Monster mit vier Hörnern auf dem Kopf, aus dem mehrere Arme wachsen. Als er die Größe eines Hauses erreicht hat, fängt er an, mit seinen Armen ziellos irgendwelche Seelen anzugreifen. Er vernichtet sie, egal ob Mensch oder Tier.

»Niemand kann mich jetzt mehr aufhalten, weder ein magisches Schwert noch die gesamte Feuerkraft der Vereinten Nationen. Keiner kann mir mehr etwas anhaben!«, schreit er so laut, dass man es wahrscheinlich im ganzen Totenreich hören kann. Mit seinen rot leuchtenden Augen schaut er zu mir herab und sagt: »So, und nun zu dir. Du hast es mir zwar ermöglicht, bis hierher zu kommen, aber in mir hat sich eine höllische Mordlust entwickelt und ich glaube nicht, dass du ihr entgehst. Wie es aussieht, ist der Teufel ein Teil von mir geworden.«

Einer seiner riesigen Arme kommt auf mich zu und will mich ergreifen. Aber wie aus dem Nichts hallt eine seltsame Stimme hinter Merlin hervor. »Nun reicht es!« Das Merlin-Monster bricht seinen Angriff ab und dreht sich um. Die Stimme muss wohl aus dem Spiegel kommen. Aber wie kann das sein?

»Wer war das?«, brüllt Merlin und schaut auf den Spiegel hinab.

Plötzlich beginnt sich der Spiegel zu verformen und etwas tritt aus dem goldenen Rahmen heraus. Es sieht zuerst aus wie eine Art Flüssigkeit aus Spiegelmasse, die sich am Boden bewegt, bevor sie eine Form annimmt. Es entstehen zwei menschliche Beine, zwei Arme und ein Kopf, aus dem eine Art Geweih oder besser gesagt Wurzeln wachsen. An seinem gesamten Körper entstehen Augen, und zwar an jedem Fleck, außer an den Wurzeln am Kopf. Die Augen schauen alle in eine andere Richtung. Die Farbe des Wesens ist nicht genau definiert, da es wie ein Spiegel ist. Die Gestalt steht unbeeindruckt vor Merlin, der jetzt fragt: »Und wer oder was bist du?«

Das Wesen kann auch reden: »Mein Name ist Abel, aber ihr kennt mich unter dem Wort Schicksal. Ich bin derjenige, der dafür verantwortlich ist, warum alles so ist, wie es ist. Und somit auch der Grund, warum ihr hier seid.« Unbeeindruckt und ohne nachzufragen spricht Merlin weiter: »Wer auch immer du bist, das ist mir völlig egal. Ich bin das mächtigste Wesen im ganzen Universum. Und das beweise ich dir auch gleich!«

Sogleich versucht Merlin mit einem seiner Raucharme nach diesem Spiegelwesen zu greifen. Aber Abel hält ihm selbst einen Arm entgegen, der zwar deutlich kleiner ist, aber wie von Zauberhand kann dieser kleine Arm den von Merlin aufhalten. Merlin ist verwirrt und kann sich nicht aus dem Griff befreien. Er schreit laut auf vor Schmerzen und beginnt zu schrumpfen. Nach wenigen Augenblicken hat er wieder seine normale Größe erreicht und auch sein schwarzer Arm verschwindet wieder. Merlin versteht nicht, was gerade geschehen ist. Er wurde seiner Kräfte beraubt und steht nun ohne irgendetwas da.

»Wie hast du das gemacht?«, fragt Merlin das Wesen verzweifelt.

Es antwortet: »Du hast gesagt, dass du das mächtigste Wesen in diesem Universum bist. Tja, es gibt immer jemanden, der über dem Mächtigsten steht, und das bin ich.« Der Körper der Kreatur aus dem Spiegel wendet sich zu mir und sagt: »Linus Wiggelstove, du musst keine Angst mehr haben, es ist bald vorbei.« Nach diesen tröstlichen Worten wendet er sich wieder Merlin zu: »Deine Rolle ist nun zu Ende.« Die Wurzeln auf seinem Kopf fangen an, pulsierend zu leuchten, und gleich danach beginnt Merlin sich langsam aufzulösen. Dies geschieht so schnell, dass er nicht einmal Zeit hat, noch etwas zu sagen. Er verschwindet einfach spurlos.

Ich weiß gerade nicht, ob ich nicht jetzt erst recht Angst haben sollte. Einerseits wurde zwar soeben derjenige vernichtet, der die ganze Welt unterjochen wollte und auch die Kraft dazu gehabt hätte. Aber andererseits wurde derjenige von etwas vernichtet, das offenbar noch mächtiger ist als er.

Das Wesen schaut mich mit all seinen tausend Augen an. Zögernd frage ich: »Was ist gerade geschehen? Wer bist du? Was bist du?«

Das Wesen antwortet, noch bevor ich weitere Fragen stellen kann: »Wie ich bereits gesagt habe, ich bin das, was ihr Schicksal nennt. Ich existiere seit Anbeginn der Zeit. Ich beeinflusse von hier aus alles, was in der Welt der Lebenden geschieht. Ich bin für alles verantwortlich, was geschehen ist und noch geschehen wird. Ich beeinflusse den Verlauf des Lebens. Ich entscheide, ob jemand sterben soll oder jemand leben soll. Ich entscheide, ob eine Art aussterben soll, um Platz für eine neue zu machen, wie zum Beispiel die Dinosaurier. Auch dafür war ich verantwortlich. Ich ließ einen Meteor auf die Erde fallen, damit sich die Welt verdunkelte. Alle großen Echsen erstickten und machten Platz für neue Spezies. Ich verhalf dem Affen aufrecht zu gehen und sich zum Menschen zu entwickeln. Zudem bin ich verantwortlich für Kriege, Krankheiten, Hungersnöte, Naturkatastrophen und viele Geschehnisse mehr. Ich kenne jeden einzelnen Gedanken von jedem Lebewesen, das je gelebt hat und je leben wird. Deshalb weiß ich auch genau, wer du bist und was mit dir noch geschehen wird.«

Ich muss erst einmal schlucken und begreifen, dass dieses Wesen da das Schicksal in Person ist. Gerade hole ich aus zu einer weiteren Frage, doch es unterbricht mich: »Du willst mich fragen, warum ich solches Unheil überhaupt zulasse, stimmts?« Dies war auch genau die Frage, die ich ihm hatte stellen wollen. Allem Anschein nach weiß er wirklich alles. Er fährt fort: »All diese Dinge tue ich aus einem ganz einfachen Grund: Weil ich es kann. Ich tue es aus Langeweile und weil ich kreativ bin. Wenn mir eine Spezies nicht mehr gefällt, lösche ich sie ganz einfach aus. Wenn mir nach Krieg zumute ist, dann entfache ich einen Krieg. Auch diese ganze Geschichte mit Merlin habe ich geplant. Auch das mit dem großen Krieg und dass ihr es wirklich bis hierher geschafft habt, habe ich gelenkt. Merlin, dieser alte Narr, hat wirklich geglaubt, ein Gott zu sein. Bin ich nun gut oder böse?

Eigentlich ist es vollkommen egal, was ich bin. Denn ich bin ja derjenige, der über alles urteilt. Ich bin derjenige, der entscheidet, ob du lebst oder stirbst. Ich erzähle dir nun genau, wie es für dich weitergehen wird. Erstens wirst du akzeptieren, dass du nichts gegen mich ausrichten kannst. Du nimmst den Stein, um hier wieder rauszukommen, und gehst wieder nach Hause. In ein paar Jahren wirst du eine Frau kennen lernen und zwei Kinder mit ihr haben. Mit 71 Jahren wirst du an einer Niereninfektion sterben. Das wird dein Schicksal sein und daran kannst du gar nichts ändern. Also geh jetzt.«

Einen Moment lang stehe ich einfach nur da und schaue das personifizierte Schicksal an. Dann gehe ich zu dem jetzt leeren Schrein und nehme den Stein der Weisen an mich. Wie er mir vorausgesagt hat, will ich mich auf den Heimweg machen. Doch auf einmal höre ich jemanden hinter mir meinen Namen rufen: »Linus!« Ich drehe mich um und erblicke Balga'in. Er steht nur wenige Meter hinter mir, mit der Hand auf seiner blutenden Schulter. Offenbar ist er noch am Leben und keine Seele, welche ihren festen Körper verlassen hat. Aber wie kann das sein? Wie ist er durch das Tor gekommen ohne den Stein? Also frage ich ihn: »Balga'in, wie bist du hier hineingekommen?«

Balga'in, der immer noch stark blutet und schmerzerfüllt ist, antwortet: »Um ehrlich zu sein, weiß ich es auch nicht. Ich bin einfach durch das Tor gelaufen und schon war ich auf der anderen Seite.«

Da unterbricht ihn das Schicksalswesen von hinten: »Wer bist denn du? Was hast du hier verloren?« Offenbar kennt er ihn nicht, was aber seiner Aussage von vorhin widerspricht, dass er jedes Lebewesen kennt. Das Wesen schreitet langsam auf uns zu und fragt nun mit ernsterem Ton: »Wer bist du? Antworte mir!«

Balga'in geht auf das zwei Meter große Wesen zu und sagt: »Mein Name ist Balga'in und ich habe alles gehört. Ich habe gehört, was du für unmenschliche Taten ausgelöst hast. Und das Ganze nur zu deiner Belustigung und um deine Langeweile zu befriedigen. Du hast uns alle glauben lassen, dass wir einen freien Willen haben, aber das ist gar nicht so. Ich bin hier, um dich zu vernichten!«

Das Wesen hat zwar keine Gesichtszüge, aber anhand seiner Reaktion bemerkt man, dass es nervös wird, da es Balga'in nicht so steuern kann wie alle anderen Lebewesen. Das Schicksal wendet sich an ihn und sagt mit laut hallender Stimme: »Zugegeben, es ist seltsam, dass ich dich nicht erkenne. Auch dass du hier hineingekommen bist ohne den Stein ist mir ein Rätsel. Aber das spielt nun alles keine Rolle mehr. Ich werde dich auslöschen. Du bist auch nicht mehr als ein kleiner erbärmlicher Mensch!«

Der eine Arm des Wesens wird länger, er ergreift Balga'ins Körper und hält ihn in die Luft. Es zieht ihn zu sich, wobei alle seine Augen auf ihn gerichtet sind. »Nun stirb, Mensch!«, spricht es zu seinem Gefangenen.

Balga'in schreit vor Schmerz auf und sagt: »Ich bin nur zum Teil Mensch!«

Nach diesen Worten fängt er an, sich zu verwandeln. Er wird größer und entgleitet dadurch der Hand des Schicksals. Er hüllt sich in ein weißes grelles Licht, das immer größer wird. Nach ein paar Sekunden erscheint ein wunderschöner riesiger Drache aus dem Licht. Es ist kein Drache, wie man sie aus westlichen Erzählungen kennt, mit riesigen Flügeln und so. Er ähnelt eher einem Drachen aus der chinesischen Geschichte. Er sieht aus wie eine gigantische Schlange mit vier Beinen, einem langen bunten Schweif, einem riesigen Maul mit scharfen Zähnen und zwei Hörnern. Der Drache fängt an, das überrumpelte Schicksal zu umschlingen, dabei fallen beide zu Boden. Das Schicksal klammert sich an den Drachen und beginnt ihn mit seinen Händen langsam zu verbrennen. Balga'in schreit verzweifelt, hält aber immer noch an ihm fest. Er ruft mir zu: »Linus, ich kann ihn nicht mehr lange aufhalten. Er ist viel zu stark für mich. Zieh das Schwert aus dem Stein da hinten und vernichte ihn.«

Sofort renne ich los und ziehe Excalibur aus dem weißen Stein heraus. Abel hat sich bereits mit einem seiner Arme durch Balga'ins Körper hindurchgebohrt. Dieser schreit immer lauter, hält ihn aber immer noch fest. Ich verliere keine Zeit und gehe auf die beiden Kämpfenden los. Mit letzter Kraft hält der Drache Abel am Boden fest und schreit: »Jetzt beende es und lass kein Schicksal mehr unsere Entscheidungen lenken!«

Ich springe also zwischen die Kämpfenden, erhebe das Schwert und steche auf das Schicksal ein. Es schreit mit einem schrillen Ton auf, den man überall hören kann. Dieser Ton ist so schmerzhaft laut, dass ich mir die Ohren zuhalten muss und das Schwert im Körper des Feindes stecken lasse. Balga'in hält ihn immer noch fest und all die Augen des Schicksals sind nun auf mich gerichtet.

»Du wirst leiden, Linus«, sagt mir das Schicksal.

Danach fangen seine Wurzeln auf dem Kopf an größer zu werden und bewegen sich in meine Richtung. Sie beginnen mich zu durchbohren. Schmerzerfüllt versuche ich mich von ihnen zu lösen, aber ich habe keine Chance, er hält mich fest. Da lässt Balga'in das Wesen mit einer seiner Klauen los und löst mich aus seinen Fängen. Ich fliege durch die Luft und lande vor dem Schrein. Voller Schmerz wende ich mich zu den beiden am Boden, die sich noch immer umklammern. Meine Einstichstelle beginnt zu leuchten. Aus ihr treten alle Farben heraus und steigen nach oben. Es folgt ein letzter Aufschrei des Schicksals, dann explodiert es, zusammen mit Balga'in. Es ist eine Explosion aus Farben, als würden Hunderte von Regenbogen durch die Lüfte schwirren. Dieses Spektakel dauert einige Augenblicke lang, dann verschwinden die Farben allmählich und übrig bleibt nichts, kein Schicksal und auch kein Balga'in, absolut nichts.

Aber jetzt bleibt keine Zeit zum Staunen. Aus den vielen Einstichen an meinem Körper blute ich immer noch stark. Ich schaue mich um und erblicke direkt vor mir den Stein der Weisen. Mit letzter Kraft ergreife ich ihn und halte ihn an meine Wunden. Er fängt an zu leuchten und ich presse ihn fest gegen meine verletzte Brust. Der Stein dringt in meine Brust ein und ich spüre einen heftigen Schmerz, wie ich ihn zuvor in meinem Leben noch nie erlebt habe. Dieser Schmerz hält einige Minuten an, dann verschwindet er. Meine Verletzungen wie auch der Stein verschwinden langsam. Ich stehe auf und gehe dahin, wo sich vorhin mein Freund und das Schicksal bekämpft haben. Es ist nichts mehr davon zu sehen, alles hat sich aufgelöst, auch das Schwert ist unauffindbar.

Am Ende

Da ich hier nichts mehr tun kann, mache ich mich auf den Weg zurück zum Tor. Ich frage mich, wie ich da wohl wieder herauskommen soll. Auf meinem Weg sehe ich Dutzende von Seelen in ihren Welten, die sich so verformen können, wie sie wollen. Das ist also das, was uns am Ende erwartet, ein ewiges Leben in unseren Erinnerungen.

Auf dem weiteren Weg sehe ich einen Raum, der mir bekannt vorkommt. Es sieht aus wie eine Bar. In dieser steht ein runder Tisch, an dem fünf Männer sitzen, die Bier trinken. Es sind Mike und die anderen Illuminaten, die von Alex vor dem Tor getötet worden sind. Einerseits bin ich schockiert, da ich noch Hoffnung hatte, dass sie es vielleicht doch überlebt haben. Andererseits sehe ich das Lachen in ihren Gesichtern und dass sie glücklich sind. Ich hätte ihnen zwar gerne noch Lebewohl gesagt, aber wir werden uns ja wiedersehen.

Irgendwann gelange ich an das Tor. Von dieser Seite her sieht es genauso aus wie von der Seite der Lebenden. Ich habe aber den Stein nicht mehr, um es zu öffnen. Jetzt stehe ich direkt vor dem Tor und halte meine Hand dagegen. Es fängt an zu leuchten, als würde ich den Stein dagegenhalten. Aber dieses Mal ist es nicht wie zuvor, als ich eine massive Wand gespürt hatte. Ich kann meine Hand durch das Tor hindurchstrecken, ziehe sie aber gleich vor Schreck wieder zurück. Offenbar bin ich dazu fähig, durch das geschlossene Tor zu gehen. Wahrscheinlich, weil sich der Stein der Weisen mit mir verbunden hat. Ich schließe die Augen und schreite hindurch. Als ich meine Augen wieder öffne, finde ich mich auf der Seite der Lebenden wieder. Am Boden sehe ich die leblosen Körper meiner Freunde, die von dem Licht, das von der Wasserdecke kommt, beleuchtet werden. Ich beschließe, sie hier zu begraben. Sie haben ihr Leben gegeben, um hierher zu gelangen. Der Boden ist nicht überall mit diesen weißen Steinen bedeckt. Es gibt auch sandige Flächen. Dort schaufle ich fünf

Löcher und begrabe die Toten. Bevor ich die Gräber zuschütte, stehe ich davor und spreche: »Wir sehen uns auf der anderen Seite wieder, meine Freunde.«

Nach dieser Beerdigung mache ich mich auf den Weg zurück. In der Mitte der langen Treppe, die steil nach oben führt, mache ich eine Pause. Es ist genau der Ort, wo wir uns auch auf dem Hinweg ausgeruht haben. Ich setze mich hin, fange an zu weinen, weiß aber eigentlich nicht genau, warum. Einerseits weil ich all meine Freunde verloren habe, andererseits weil ich weiß, dass nun alles vorbei ist und ich meinen Weg alleine gehen muss. Nach einiger Zeit erhebe ich mich wieder und verlasse diesen Ort.

Wieder draußen im Wald angekommen, regnet es in Strömen. Ich wate durch das morastige Dickicht zu den Autos. Zum Glück stehen diese immer noch dort. Ich steige in eines der Fahrzeuge und fahre auf den Highway zurück, obwohl ich überhaupt nicht weiß, was ich jetzt tun soll.

Sieben Monate später befinde ich mich wieder in London. Langsam ist Normalität in die Welt zurückgekehrt. Es gibt zwar noch vieles wiederaufzubauen, aber wir sind auf einem guten Weg. Ich bin wieder in meine alte Wohnung eingezogen und habe mich wieder an der Universität eingeschrieben. Ich habe jedoch das Fach geändert und studiere nun Archäologie. Es gefällt mir sehr. Wie ich aus den Nachrichten erfahren habe, haben sich die vier Reiter im Gefängnis aufgelöst. Am Ende ist also doch noch alles gut geworden. Wir werden nicht mehr von einer höheren Macht geleitet. Es gibt kein Schicksal mehr, nur Entscheidungen, die wir selber treffen. Ich habe allerdings niemandem etwas von dem, was ich erlebt habe, erzählt. Weder vom Tor noch von Merlin noch vom Schicksal. Ich finde es nicht wichtig, dass die Öffentlichkeit davon erfährt.

Ich habe mir angewöhnt, jeden Tag nach der Uni alleine in eine Bar zu gehen. Dort setze ich mich immer an denselben Platz und bestelle mir eine Cola, so wie auch heute. Es ist ein regnerischer Tag im Sommer und ich genieße das kühle Getränk. Von meinem Fensterplatz aus schaue ich gedankenlos hinaus und beobachte die Leute. Plötzlich habe ich das Gefühl, dass ich beobachtet werde. Zwei Tische vor mir sitzt jemand, der mich mit einem Lächeln anstarrt. Diese Person trägt eine Kutte mit einer Kapuze auf dem Kopf. Es ist, als würden mir die Schuppen von den Augen fallen. Es läuft mir kalt den Rücken runter. Es ist der mysteriöse Fremde aus der Wüste, der sich als Anunnaki vorgestellt hat. Was will er hier?

E n d e